CONTES

PAR

L. ACKERMANN

> Si Peau-d'âne m'était conté,
> J'y prendrais un plaisir extrême.

Savitri, Sakountala
L'Ermite, L'Entrevue nocturne
Le Perroquet
Le Chasseur malheureux

PARIS
GARNIER FRÈRES, LIBRAIRES
6 RUE DES SAINTS-PÈRES, 215 *bis* PALAIS-ROYAL

—

1855

CONTES

PARIS — IMPRIMERIE DE J. CLAYE
RUE SAINT-BENOÎT, 7

CONTES

PAR

L. ACKERMANN

Si Peau-d'âne m'était conté,
J'y prendrais un plaisir extrême.

Savitri, Sakountala
L'Ermite, L'Entrevue nocturne
Le Perroquet
Le Chasseur malheureux

PARIS
GARNIER FRÈRES, LIBRAIRES
6 RUE DES SAINTS-PÈRES, 215 *bis* PALAIS-ROYAL

1855

A mes amis

H. ET C. DESCEMET

Ah! si la Muse était tant soit peu fée,
Chanter, vraiment, serait emploi des dieux;
Point ne pourrait le plus petit Orphée
La bouche ouvrir, qu'on ne vît de tous lieux
Gens s'empresser; rime ferait merveille,
Et sous nos pas la foule tout oreille
Ramasserait les miettes de nos vers.
Ainsi n'en va. Pour les chanteurs qu'attire
La Muse au fond de ses bosquets déserts
Les temps sont durs; de l'aveu de la lyre,
Ce charme a fui qui lui livrait les cœurs.
Dans mes loisirs j'ai donc à la légère
Rimé ceci, ne comptant point ou guère
Que mes accords offriront des douceurs
Vous agréant; pas moins ne m'en enchante
Un art divin, car si vers ont pour vous
Attraits perdus, pour celui qui les chante
Il leur en reste encore et des plus doux.
De frais atours et fleurs de poésie
Ces miens récits parer à ma façon,
Dans ses sentiers suivre la fantaisie,
Chemin faisant répéter sa chanson,

Amours décents prendre pour camarades,
Les égayer à mes propos divers,
Trouver parfois au beau détour d'un vers
Un joli mot qui me fait des œillades,
N'est-ce plaisir? Quand pousse ses roulades
Le rossignol au sein des bois aimés,
Demande-t-il si ses voisins charmés
L'écouteront en ces vertes demeures?
Ainsi que lui, pour moi seul, à mes heures,
Je vais chantant, mais très-bas toutefois.
Plus haut qu'un conte il n'est sûr à ma voix
De se lancer; aussi bien se tient-elle
A ces récits; même il se peut parfois
Qu'en mon chant simple une note rappelle
Quelque vieux maître, et plût à Dieu, vraiment,
Que cela fût, car cela serait charme.
Depuis longtemps il n'est rire ni larme
Qui soient nouveaux sous notre firmament.
Redite, hélas! et regazouillement,
C'est tout notre œuvre, et qui rime s'expose
A faire entendre accents déjà connus;
Heureux encor, parmi les tard venus,
Ceux dont le chant ressemble à quelque chose.

LIVRE PREMIER

SAVITRI

CONTES

LIVRE PREMIER

SAVITRI

CONTE TIRÉ DU SANSCRIT

I

L'Inde me plaît, non pas que j'aie encore
De mes yeux vu ce rivage enchanteur :
Mais on sait lire et même, sauf erreur,
On a du lieu déchiffré maint auteur.
En ce pays des perles, de l'aurore,
Des frais lotus et du parler divin,
La poésie a l'horreur du mesquin.
De mon cerveau si je tire à grand' peine,
Tant bien que mal, quelques cents vers ici,
C'est déjà trop; la muse hors d'haleine
Demande grâce et le public aussi.
Dans l'Inde au moins c'est par cent et cent mille
Que vers se font ; parfois même on les lit.

Quels beaux slocas marchant tous à la file !
J'en sais d'une aune et qui ne font un pli.
Dans ce pays point ne faut qu'on s'étonne
Si j'ai regret de ne pouvoir aller;
Mais j'ai juré, c'est pour me consoler,
Que si jamais je faisais à personne
Et de mon chef, quelque léger récit,
Non pas sévère et froid comme l'histoire,
Un peu moins vrai, mais aussi bon à croire,
D'y mettre au moins mon héros ; le voici :

Or, mon héros était une héroïne,
Princesse en plus, belle comme le jour,
Grands yeux, front pur, taille souple et divine;
Un morceau tel affriandait l'amour.
Qui le croirait? à l'entour de la belle
On ne voyait galants papillonner.
En fait d'amour, si l'on en veut donner,
Il ne faut point paraître une immortelle ;
Le respect nuit : tous s'étaient écartés,
Se rabattant sur de moindres beautés.
Un certain jour, le roi qui n'avait qu'elle
Pour tout espoir de sa noble maison,
Lui dit : « Ma fille, il est, je crois, saison
Qu'à prendre époux chez nous on se prépare :
Un père, hélas ! ce n'est point un avare
Qui tient pour lui son trésor enfermé;

Après l'avoir tant soigné, tant aimé,
Un beau matin il faut qu'il s'en sépare.
Filles qu'on voit aux abords des vingt ans
Sont beaux fruits mûrs à la branche pendants.
Celui d'entr'eux qu'on oublie et qu'on passe
Perd de son prix ; il se ride, il jaunit ;
S'il t'arrivait jamais telle disgrâce,
J'en sentirais déplaisir infini.
Or, en ton cas, ma fille avec prudence
Il serait bon d'aider la Providence,
Et cet époux qui doit ton cœur toucher
Ne venant point, il faut l'aller chercher.
Dès aujourd'hui je te donne une escorte ;
Explore tout, les palais et les bois.
Vous vous cachez, gendre de notre choix,
Mais, par le diantre ! il faudra bien qu'on sorte
Et qu'on épouse ou qu'on dise pourquoi ;
J'en donne ici ma parole de roi.
Et qui plus est, je te promets, ma fille,
Quand à la fin tu l'auras déterré,
S'il est aimable et de bonne famille,
De l'accueillir et de l'avoir à gré. »
A ces mots pleins de sens et de tendresse,
Très-prudemment se garda la princesse
De feindre honte ou de se récrier.
Le changement de lieux plaît au bel âge,
C'est naturel ; puis pour un tel voyage

J'en connais peu qui se feraient prier.
Le célibat n'est pas du goût des filles ;
Point n'est pour lui qu'elles sont si gentilles;
Tant de vertus, de grâces et d'attraits
Ont pour l'hymen été créés exprès.
Nous le voyons, du moment qu'il s'éveille
C'est dans leur cœur que l'amour fait merveille;
Il le choisit pour trône et pour séjour.
Ne dirai point qu'elles sont sans faiblesse;
Pourquoi mentir? c'est une maladresse :
Sur ce point donc je tiens ma plume court.
Ève est leur mère après tout, et la dame
A dans son temps commis un gros péché;
Il nous en cuit : toutefois dans mon âme
Je lui pardonne et me sens très-touché,
Car elle aimait; chose au monde n'est telle
Pour effacer le crime le plus lourd.
Le cœur coupable, à la flamme immortelle
Redevient pur : c'est miracle d'amour.
Si n'eût aimé ladite Ève, au pauvre homme
Eût-elle offert la moitié de sa pomme?
Si n'eût aimé, se fût-elle à ses pas
Avec tendresse attachée ici-bas,
Soumise et douce, humble, sans plainte aucune,
Partageant tout, la mauvaise fortune,
La table maigre et le lit un peu dur ;
Et puis venus le temps de l'âge mûr,

Et les langueurs à sa suite traînées,
Choyant l'époux de ses jeunes années,
D'un même amour jusqu'au dernier instant,
Sur son vieux cœur pressant ce cœur fidèle?
Elle aimait donc; et mainte demoiselle,
Je le suppose, en voudrait faire autant.
C'est pour le mieux : nature toujours sage
Ne donna point aux filles sans raison,
(Soit de modeste ou de grande maison),
Le goût d'entrer de bonne heure en ménage.
D'ailleurs, pourvu qu'un mari soit bien né,
D'humeur facile, élégant, bien tourné,
Jeune surtout, point bourru, point volage,
D'une âme noble avec un beau visage,
D'un regard tendre avec un cœur aimant,
A votre gré, n'est-ce un objet charmant?

II

Au bord des cieux lorsque vint, pâle et blonde,
L'Aube en riant ouvrir la porte au Jour,
Elle aperçut la princesse et son monde
Qui, congé pris, s'éloignaient de la cour,
Fort lentement, certes, car la monture
Était peu leste; un superbe éléphant,
La trompe au vent, grave et pesant d'allure,

Sur son dos brun portait ma belle enfant.
Laissons-la donc cheminer sous escorte
Tout doucement où son destin la porte.
C'est, m'est avis, pour la fille d'un roi
Courir un peu beaucoup à l'aventure.
Que dis-je? un cœur n'est-ce boussole sûre?
Cœur de vingt ans surtout qui, bel et droit,
Marche à son but; lui se tromper d'endroit!
Vous plaisantez. J'en ai donc l'espérance,
Tout ira bien. Si c'était un laidron,
Je tremblerais; laideur a du guignon,
Mais belle fille a toujours bonne chance.
Un mois passa, puis deux, puis bientôt trois;
Notre bon père était sur les épines;
Il ne mangeait; dans le palais des rois
Déjà chômaient marmitons et cuisines :
Nul courtisan n'aurait été si sot,
Son roi jeûnant, de manger un morceau.
Or, un beau soir, non pas tard, mais à l'heure
Où le soleil vers l'horizon penchant
De tons plus chauds colore le couchant,
Le bon vieillard avait en sa demeure
Pour ses conseils, fait un sage venir.
Ce sage-là connaissait l'avenir,
Petit talent de bonne compagnie
Qu'il exerçait à son risque et pour rien,
Pauvre d'ailleurs et fort homme de bien.

Le prince alors de sa fille chérie
Contait le cas, sans omettre un seul point,
Ni la beauté, ni l'âge mariable;
Après venaient la disette incroyable
Des prétendants, et la recherche au loin,
Puis les trois mois et sa peine infinie.
Il n'avait pas fini sa litanie,
Qu'on entendit un aller, un venir
De pas pressés : n'y pouvant plus tenir,
(Bien que ce fût contraire à l'étiquette),
Notre bon roi plantait là son prophète
Et s'élançait, quand dans le même temps
Il vit s'ouvrir la porte à deux battants.
Lors Savitri (la dame ainsi s'appelle),
Parut au seuil, et le roi triomphant
Dans ses deux bras reçut sa chère enfant.
Le mouvement, le grand air, de la belle
Allait encor les attraits rehaussant;
Un feu plus vif éclairait sa prunelle,
Plus vite aussi la jeune demoiselle
Sous fine peau sentait courir son sang.
« As-tu perdu ta peine et ton voyage? »
Lui demanda le vieux prince aussitôt.
Mais Savitri, d'un air modeste et sage,
Pencha la tête et ne répondit mot.
Or, le bon père, à la clarté baissante
Du jour fuyant, la trouvant rougissante,

Eut tôt compris, car pour vieux que l'on soit,
On sait encore à ne s'y tromper guère
Effets d'amour sur le bout de son doigt.
« Quel est son nom, sa patrie, et son père ? »
Reprit alors le monarque en émoi.
Parle, voyons, aurais-tu peur de moi?
« C'est Satjavan, mon père, qu'il s'appelle :
Je ne sais point d'alliance plus belle,
Car dans ce choix par mon cœur débattu,
Ne m'arrêtai qu'à sa seule vertu.
A d'autre charme évitant de me rendre,
De celui-là je ne sus me défendre.
Oui, je le crois, si le ciel par erreur
L'eût créé laid, mais laid à faire peur,
Mon cœur de même aurait pu s'en éprendre :
Mais il est beau, rien n'y manque; un seul point
Se trouve à dire, encor la chose est mince,
C'est moins que rien : il est pauvre, et n'a point
A me donner une seule province.
Pourtant son père autrefois était prince;
Mais devenu plus faible en ses vieux ans,
Il fut chassé par des voisins puissants.
Sans nul recours en ce péril extrême
Il se sauva dans les bois, emportant
Son fils enfant et plus cher que lui-même.
A son destin le vieillard se prêtant
Défriche un champ, bâtit une chaumière,

Et des brebis fait paître aux alentours.
Lui mort, son fils demeura sans secours;
Seul et déchu de sa grandeur première,
Au fond des bois il voit couler ses jours.
Triste est ce sort, mais, fût-il dix fois pire,
Ne le voudrais changer pour un empire.
Lorsqu'on est pauvre et de deuil entouré,
Et sans patrie, et qu'un cœur de son gré
Se donne à nous, cela veut beaucoup dire. »
Quand la princesse eut ce beau discours fait,
« Serait-il vrai, demanda le bon sire,
Qu'il soit au monde un homme aussi parfait?
— Très-vrai, seigneur, lui repartit le sage,
Et Savitri n'a pas tout dit encor :
C'est un modèle, une perle, un cœur d'or;
Jamais Brahma ne fit plus bel ouvrage.
Et cependant, si j'étais écouté,
Pour bon qu'il soit, il n'aurait point ta fille;
Non qu'à regret je voie en ta famille
Entrer d'un coup disgrâce et pauvreté :
C'est mal plus grand qu'il faut qu'un père craigne,
Mal sans remède ici-bas. Mon cœur saigne
A te le dire. Hélas! il doit mourir
Ce bel objet de sa jeune tendresse.
Ton fiancé tu le verras partir
Non vieux, mais bien en sa fleur de jeunesse,
Car il n'a plus sans répit ni recours

A vivre en tout que deux ans moins trois jours. »
Pâlir soudain on eût vu la princesse
A ce discours. Retenant ses sanglots,
Au sage alors elle dit, le cœur gros:
« Comment! la mort, d'abandon serait cause?
Ah! la vieillesse est de mauvais conseil!
Suis jeune encor, mais dans un cas pareil
J'ai résolu déjà tout autre chose.
Si Satjavan me doit être arraché,
Qu'une heure au moins il ait connu la joie
Mise en réserve à ceux que le ciel choie,
L'amour d'un cœur à lui seul attaché
Dans un nœud saint, et le trésor caché
Des soins charmants et des chastes tendresses.
L'homme, au sentir de ces pures ivresses,
Devient meilleur, tout fleurit sous ses pas;
De Satjavan que l'âme soit suivie
D'un tel amour en partant d'ici-bas.
Aimer, c'est là tout le gain de la vie;
Ah! souffrez donc qu'il ne le perde pas! »
On sait qu'Amour est maître en rhétorique
Comme en tous arts. Ce discours sans réplique
Et de deux pleurs ou trois accompagné,
Le pauvre père eut aussitôt gagné.
Alors, d'un air à la fois triste et tendre,
Il répondit : « Je voudrais que mon gendre
Fût plus durable au moins, sinon meilleur;

Mais j'ai promis, je tiendrai ma parole.
Bien que pour toi ton père se désole,
Ma pauvre enfant, fais au gré de ton cœur. »
Le bon vieillard, qui n'avait de sa vie
A Savitri jamais refusé rien,
Comme toujours lui passa son envie.
Si me lisez, ô vous, pères de bien!
Que la leçon vous instruise et vous serve.
Contes je n'ai, que je sache, en réserve
Où ce point-là soit si bien établi :
Céder toujours c'est un très-mauvais pli.
On vient d'abord d'une voix caressante
A son papa demander un bijou,
Puis une robe, un chapeau; n'est-ce tout?
Plus on obtient, plus on devient pressante.
Pompons, colliers, bracelets, maint chiffon
Vers le logis arrive au pas de course;
Père de voir défiler de sa bourse
Les beaux écus. D'abord il dira non :
Un non n'est rien s'il ne sait tenir bon.
Mais le temps passe, et voici la cohorte
Des prétendants qui s'arrête à la porte,
Faisant d'aimer tous plus ou moins semblant;
Des courts, des longs, de moyenne mesure,
Les uns sans biens, les autres étalant
Dons de fortune, aussi dons de nature.
Un jeune cœur en ce tohu-bohu,

Me dira-t-on, ne sait auquel entendre.
Détrompez-vous; choix ne se fait attendre,
Et jeune cœur a fort bien entendu.
A cet égard je ne m'abuse guère,
Quand fille en tient, c'est pour un pauvre hère;
Raison ne vaut; son cœur s'est là buté;
Il n'en démord, c'est un cœur entêté.
Après rubans, chaînes d'or et dentelle,
De guerre lasse enfin il faudra bien
A votre enfant passer la bagatelle
D'un mari gueux, mal en point, ou vaurien.

III

D'un pas agile, et de bouche en oreille,
Pendant la nuit la nouvelle a trotté.
La nuit? Le fait vaut qu'on s'en émerveille;
C'est en dormant qu'on aura caqueté.
Toujours est-il qu'à la prochaine aurore,
Lorsqu'au palais on sommeillait encore,
De tous côtés débouchaient assiégeants,
Non point armés, mais portant marchandises,
Échantillons, prospectus : c'étaient gens
De tous métiers comme de toutes mises,
Passementiers, modistes, bijoutiers.

Nul ne plaignait ni ses pas ni sa peine,
Car fournisseurs sont de bons lévriers
Chassant à noce ; un trousseau c'est aubaine :
Mais ce jour-là, ce fut un fait exprès;
Le vent, hélas ! n'était pas à l'emplette :
De débit point, et la perte fut nette.
Pauvres marchands ! nul ne couvrit ses frais.
Atours, trousseau, nous n'en avons que faire,
Et notre noce est assez triste affaire,
Nous ne voulons achats ni beaux apprêts.
« De mes trésors ni de mon haut parage,
Dit Savitri, qu'il n'ait jamais soupçon.
En fait d'aimer, je crois que l'avantage
A pauvreté revient ; et pourquoi non?
D'ailleurs tristesse a peur de l'étalage;
Mon seul amour sera tout mon apport. »
Voici qu'on part. On voyage, on arrive.
En vers pompeux et faits avec effort,
De Satjavan la surprise un peu vive
Ne décrirai ; devant un tel transport
Ma plume à moi tourne bride bien vite.
Pauvre garçon ! il vivait en ermite,
A ses agneaux consacrant tous ses soins,
Rivalisant avec eux d'innocence,
Loin des humains, et n'ayant connaissance
D'aucune chose et d'amour encor moins.
Il sentait bien, car point n'était de marbre,

Par-ci par-là comme un trouble secret.
Que voulez-vous? Femme dans sa forêt
N'avait le pied mis de mémoire d'arbre.
C'était désir, mais désir sans objet.
Lorsqu'au printemps, sous la jeune feuillée,
D'oiseaux jasaient une troupe éveillée,
Becquée au bec ou brin d'herbe, empressés,
Vaquant au soin de leur petit ménage,
Il s'attristait et rêvait davantage...
Les nids souvent font venir des pensers.
Lorsque ces bois visita la princesse,
Pour Apsara, je veux dire déesse,
Il vous la prit, l'adorant aussitôt;
Depuis ce jour il fut bien plus dévot.
Puis quand enfin il vit son immortelle
Pour tout de bon sous son chaume arriver,
A l'admirer il se mit de plus belle;
Il se tâtait, croyant toujours rêver.
Tant de trésors, de grâces inconnues,
Moitié si belle et qui tombait des nues...
Mais j'oubliais, j'ai dit que sur ces points
Dans mon récit je sautais à pieds joints.
La joie, hélas! est de si court passage,
Elle est si peu coutumière ici-bas!...
Nul n'a le temps d'apprendre son langage.
Je le comprends, mais ne le parle pas.

Dès qu'on eut fait un bout de connaissance,

On s'épousa ; ce fut le premier soin.
Brusquer un peu l'entrée en jouissance
Amour peut bien; amour n'y manqua point.
Quand Savitri se vit reine et maîtresse
De ce logis si pauvre, avec adresse
A toute chose elle eut bientôt pourvu.
Même on prétend qu'elle se mit en tête
De l'embellir; or, à pareille fête
Ce toit obscur ne s'était jamais vu.
C'étaient partout guirlandes ou trophée,
Feuillage, fleurs; déjà ces murs trop laids
Sont décorés; sous cette main de fée.
Chaume prenait un faux air de palais.
Dans son logis, au gré de femme éprise,
Un petit doigt d'élégance est requise;
Elle s'y plaît et fait des alentours,
Frais et riant, un cadre à ses amours.
Pour Satjavan, époux n'était sur terre
Plus dorloté; c'étaient à chaque instant
Surprises, soins; et lui se laissait faire,
Payant sa dette en bon amour comptant.
Le premier mois que l'on passe en ménage
Est très-friand et porte un nom fort doux.
Sur ses cadets que l'aîné s'avantage,
Ce n'est pas juste, amants, qu'en dites-vous?
Il aurait seul et la fleur et la crème?
Moi j'en réserve aussi pour les derniers,

3

Et toute lune, en fût-il des milliers,
Me serait miel auprès de ce que j'aime.
Or, Satjavan pensait ainsi que moi.
Toi seule, hélas! bien qu'aussi tu te plaises
En ce bonheur, ton cœur n'y prend ses aises
Comme l'on fait quand on se sent chez soi,
O Savitri! Chaque heure, on le devine,
En s'enfuyant y plantait une épine.
Ton jeune époux avait bien dans tes yeux
Surpris parfois quelques larmes furtives;
Pour les sécher il faisait de son mieux:
Propos charmants et caresses plus vives,
Regards plus doux, y perdaient leur latin.
Désespéré, Satjavan à la fin
Se dit un jour : « Qui sait si femme heureuse
Ne serait point parfois d'humeur pleureuse?
A ce défaut l'autre sexe est porté?
Qu'en sais-je, moi qui l'ai peu fréquenté? »
Oui tu pleurais; pour ne donner d'alarmes,
C'était bien bas: une fleur, un beau soir,
Un mot, un rien t'était sujet de larmes. »
« Encore un an, il ne pourra plus voir
Ni le soleil, ni moi, ni nulle chose... »
Et tout son cœur se brisait à cela.
— Ma pauvre enfant, toujours l'amour repose
Sur un roseau; n'en sommes-nous tous là?
— Oui, mais au moins vous gardez l'ignorance

De l'heure où doit la mort frapper son coup :
Entre roseaux qui s'aiment, l'espérance
D'être brisé le premier, c'est beaucoup !

Aimant, pleurant, le Temps toujours avance;
C'est un vieillard, mais un vieillard pressé.
Deux ans vraiment, c'est peu quand on y pense :
Deux ans d'amour, ah ! c'est si tôt passé !
Pour nos époux ils ont fui comme un rêve ;
Nous y voilà... le jour fatal se lève.
C'était le temps où les arbres jaunis
Semblent pleurer leur feuillage et leurs nids,
Lorsque verdure et chanson, tout expire.
On aurait dit, voyant les doux rayons
Du jour glisser sur les derniers gazons,
Comme un mourant qui veut encor sourire.
Satjavan donc, levé de bon matin,
Vers la forêt se mettait en chemin :
Il y ferait sa charge de ramée;
Le bois pour lors manquait à la maison.
Mais Savitri, qui d'étrange façon
Ce matin même avait l'âme alarmée,
Le voulut suivre. A son désir d'abord
L'autre s'oppose, et fortement proteste
Qu'il ira seul. Soleil n'avait encor
Séché les bois; vent, rosée et le reste,
Il craignait tout : la fraîcheur du matin

L'enrhumerait, il en était certain.
« Moi, te laisser me suivre, à Dieu ne plaise! »
La dame, hélas! n'avait bonne ou mauvaise
Raison dont pût colorer son dessein.
Sans contester sur ce point davantage,
Mais, je le veux! s'écria-t-elle enfin.
Un *je le veux* dans un jeune ménage,
C'est grave au moins; l'époux fut interdit,
Car entre amants ce mot n'est pas d'usage;
Amour l'évite et ne l'a jamais dit.
On partit donc, chacun à ses pensées,
Et se taisant pour la première fois.
Notre jeune homme, arrivé dans le bois,
A peine avait deux branches ramassées,
Que s'arrêtant, le regard assombri,
« J'ai froid, dit-il, et j'ai la tête prise; »
Puis se couchant auprès de Savitri,
Dans sa douleur au pied d'un arbre assise,
Il s'endormit sous le regard chéri.
Du fond des bois dépouillés de leur ombre,
Lors s'avança comme une forme sombre.
Ce n'était tigre égaré, ni chacal
En course; hélas! c'était le dieu fatal
Et qui toujours vient trop tôt; sa rencontre
Sème partout le deuil et la terreur:
Adieu plaisirs, bonheur, quand il se montre;
On sait qu'il est sans oreille et sans cœur.

Ce qu'il abat, la terre en est jonchée;
Vertu, grandeur, tout passe par ses mains;
Rien ne l'arrête, et des pauvres humains
Point ne se gêne à faire ample fauchée.
Même l'Amour ne trouva grâce encor;
Il y perdait ses pleurs et sa prière.
Or, ce dieu-là, l'Inde qui le révère
L'appelle Yamas : son domaine est la mort.
Devers le Gange ayant besogne grande,
Plus que n'en peut même un dieu dépêcher,
Il s'adjoignit un beau jour une bande
D'aides-de-camp; point ne les faut prêcher;
De ci, de là, notre machine ronde,
Vous l'arpentez, messieurs de l'autre monde,
Moissonnant tout sur les pas du Destin.
On comprend donc, quand par hasard la proie
N'est que morceau mince, menu fretin,
Yamas n'y passe en personne; il envoie
Quelqu'un des siens. Mais comme ce matin
Il s'agissait après tout d'une altesse,
Quoique déchue, il crut par politesse
Devoir aller lui-même. Un peu d'égard
Se doit au rang, dit-il. (Griefs à part,
Je l'avoûrai, notre dieu savait vivre.)
« Qu'on m'obéisse, allons, et promptement;
Il se fait tard, j'en ai d'autres à prendre.
— Quoi! pas un jour, une heure, un seul moment?

Jusqu'à demain si tu pouvais attendre?
— C'est aujourd'hui, c'est de suite, à l'instant
Qu'il me le faut. — Arrête, dieu puissant!
En ces deux ans je n'ai pu tout lui dire :
Ce que d'amour mon cœur a renfermé,
Il l'ignorait. Veux-tu donc qu'il expire
Sans avoir su comme il était aimé?
— Ils s'aiment tous au moment où j'arrive;
Mon seul aspect flamme d'amour ravive. »
Et tout à coup d'un air plus radouci,
Le dieu reprit : « Sais-tu qu'à mes oreilles
De tes vertus il revient des merveilles?
Écoute bien; pour te montrer qu'aussi
J'estime fort un mérite si rare,
T'octroye un don, car ne suis point avare.
De mes morts seuls me déclarant jaloux,
J'excepterai les jours de ton époux :
Oté cela, fais ton choix; qu'il soit digne
De ta vertu; c'est pour te consoler
Ce que j'en dis et par faveur insigne.
Mais hâtons-nous, c'est déjà trop parler.
— O grand Yamas! mon choix se fera vite;
Il l'est déjà dans mon cœur, mais j'hésite
A l'exprimer. Quand je songe à ce don,
Dieu de la mort, si tu t'allais dédire!...
— Courage, enfant, dis toujours; allons donc.
— Accorde-moi dans ton terrible empire

D'accompagner Satjavan ; mes seuls vœux
Vont à cela. Seigneur, prends-nous tous deux ;
Du même coup que ta main me délivre ;
Emmène-moi, qu'ai-je affaire de vivre
Sans son amour, qui m'est tout ici-bas ?
— Hé bien ! partons, dit le dieu du trépas ;
Et puis soudain s'arrête et se ravise :
« Non, reprit-il, je ne veux pas qu'on dise
Qu'un bel amour ne m'a jamais touché :
Une autre fois n'y comptez. Pour charmante
Qu'on soit aussi, de la mort, nulle amante,
J'en réponds bien, n'aura si bon marché.
Je te le rends, et de plus j'abandonne
Sur lui mes droits et sur toi, pour cent ans.
Cent ans, vraiment n'est-ce rien qu'on vous donne ?
Aimez-vous donc, vous en avez le temps. »

Jusqu'à la fin si l'avez écoutée,
Vous trouverez mon histoire écourtée.
Il se pourrait, et je ne dis pas non :
Restèrent-ils toujours dans leur chaumière ?
Je n'en sais rien ; ils auraient eu raison :
L'amour au bois garde fraîcheur première ;
Toujours printemps, point d'arrière-saison.
Si l'on revint à ses riches pénates,
L'ignore aussi ; l'on n'aurait pas eu tort.
Quoi d'étonnant qu'au pauvre jonc des nattes

On préférât lambris d'ivoire et d'or?
Des beaux palais je ne suis point l'apôtre ;
Le confortable a cependant son prix,
Il a du bon, et même un cœur épris
A ses douceurs se rend tout comme un autre.
Fauteuils profonds, chauds tapis, c'est charmant.
Auriez-vous vu là-dedans rien qui nuise?
On peut m'en croire, amour, quoi qu'il en dise,
Dans un bon lit dort très-commodément.
Mais taisons-nous, car, remarque profonde,
Les gens heureux qui donc en parle au monde?
J'ai mes raisons d'ailleurs pour finir là :
Cent ans d'amour, comment broder cela?

SAKOUNTALA

SAKOUNTALA

CONTE TIRÉ DU SANSCRIT.

De l'Inde encore! à son ami lecteur
Un grand courage il faut que l'on suppose :
Passe une fois, mais nous doubler la dose!
— Ah! soyez donc indulgents; un auteur
En vain se met en quatre pour vous plaire;
Vous agréer n'est pas petite affaire.
Moi qui joyeux et suant sang et eau,
De ce pays portais un fruit nouveau,
Nouveau pour vous, je n'en fais point mystère,
Ce même fruit, voici quelques cents ans
Que l'Inde entière y mord à belles dents.
— Il sera frais! — On y verrait encore
Perler pourtant les larmes de l'Aurore :
Sur sa peau fine et de ton velouté
Descend rayon d'immortelle beauté.
C'est grâce pure et fraîcheur sans pareille ;
Je vous offrais l'honneur de ma corbeille,
Et ce faisant, pensais m'achalander;
Je vous traitais en nouvelle pratique.

N'en parlons plus : à quelque autre boutique
Tout de ce pas allez en marchander,
Fruits boursouflés de plantes mal venues,
Nés sans soleil, mais que l'on porte aux nues.
— Diable! mon cher, que sera donc le tien?
Montre-le-nous; cela n'engage à rien.
— Ayant changé de ciel et de corbeille
Il a perdu de sa couleur vermeille;
Bien que l'aveu coûte, je vous le dois.
Ce doux produit d'une terre étrangère,
Pour y toucher n'ai main assez légère;
Un peu de fleur est restée à mes doigts,
Même beaucoup, il vous y faut attendre;
C'est le déchet. — Je vois que tu sais vendre.
Ton fruit si beau ne serait que rebut?
Tu ne parlais ainsi vers le début.
— Voyager nuit à telle marchandise.
En voulez-vous ou non? — Quelle sottise!
Un fruit flétri. — Vous m'en diriez merci.
Quoique flétri, si votre lèvre y touche,
Il pourrait bien vous laisser bonne bouche.
— Donne-le donc! — Le voilà, goûtez-y.

Un roi chassait; mais avant toute chose,
Dépeignez-le ce roi, s'écrîra-t-on.
Quand on dit roi, tout d'abord on suppose,
Sur ce nom-là, qu'il s'agit d'un barbon;

À mon héros c'est faire un tort immense,
Lui qui n'avait pas de poil au menton.
Par le décrire il faut que je commence.
Il était beau, mais non comme le jour,
Le jour c'est vieux, je dirai donc l'aurore,
C'est bien plus jeune : il n'avait point encore
Vingt ans; c'était un frère de l'Amour.
Or, on est beau de plus d'une manière.
Je reconnais deux beautés : la première
Consiste aux traits; pureté du contour
En fait les frais. Seule, elle est fort sévère
Et touche peu; c'est un marbre glacé
Où main d'Amour n'a point encore passé;
Rien n'a monté du cœur vers le visage.
L'autre, au contraire, et le dis entre nous,
Vient droit de l'âme et d'Amour est l'ouvrage.
Elle est tout charme; un penser vague et doux
Laisse en maint lieu trace de son passage;
C'est une grâce, un attrait... mais les yeux,
Les yeux surtout y gagnent en lumière.
Me la laissez et prenez la première :
Mais mon héros les avait toutes deux.
Il aimait donc? me dira-t-on surprise.
—Mon prince aimer! ah! madame, et comment?
En aimer une ou bien deux seulement,
N'aurait été que petite entreprise.
Il en aimait trois cents éperdument,

4

Et leur livrait son âme tout entière;
Trois cents beautés qu'il tenait en volière,
Oiseaux charmants qui n'avaient nuit et jour
Pour tout emploi qu'à gazouiller d'amour.
D'ailleurs dans l'Inde, ainsi le veut l'usage,
Toujours un prince aime à cœur que veux-tu;
Mais pour cela pas un n'en est moins sage,
Et bien à tort se plaindrait la vertu.
C'était besoin d'aimer et non pas vice.
Songez, vingt ans! les siens n'étaient sonnés.
S'il avait eu mon prince à son service
Cent mille cœurs, il les aurait donnés.
N'en ayant qu'un, à ses trois cents épouses
Il le gardait; sans faire de jalouses
Il partageait son unique gâteau.
Vraiment les parts en étaient encor belles.
On pense bien que ces dames entre elles
N'en perdaient pas le plus petit morceau.
Il chassait donc. — Quoi! des goûts si sauvages
Avec un cœur si tendre! il se pourrait?
Dépareiller tant de jolis ménages!
— S'il fut chasseur, j'en ai bien du regret.
Ah! quant à moi, si jamais la fortune
Avait placé quelque sceptre en ma main,
Troublé n'aurais l'amour de bête aucune;
Un animal, mais c'est presque un prochain!
Dans la forêt c'était un grand tapage :

Chevaux et chiens, piqueurs, tout l'équipage.
Avint que biche ou chevreuil effaré,
Ne sais lequel, entra dans un fourré :
Chasseurs lassés, lévriers hors d'haleine,
Piste perdue et le roi fort en peine.
A quel propos? Dans la forêt vraiment
Il ne manquait gibier pour le moment;
Mais Douchmanta, (c'est ainsi qu'on le nomme),
Quoiqu'il fût prince, était encore un homme.
On sait qu'en chasse ainsi qu'en nos amours,
(Le cœur humain est fait d'étrange sorte),
Ce qui nous fuit nous le voulons toujours.
De ses chasseurs dans l'ardeur qui l'emporte
Le jeune roi se trouva séparé,
Et dans le bois bel et bien égaré:
En tout ceci, quant à moi, je suppose
Que Providence était pour quelque chose :
D'agir sans elle on est fort empêché.
Elle a partout son petit doigt caché,
Et mon récit va prouver, et de reste,
Qu'à cette affaire elle mit les deux mains.
Le roi courait; il était jeune et leste:
Puis se trouver ainsi par les chemins
Sans suite aucune, avait un charme étrange:
C'était du moins celui de nouveauté.
Il se sentait si libre! au bord du Gange,
Comme partout, s'attache à royauté,

C'est là sa plaie, un affreux esclavage.
Il n'est métier sans son mauvais côté;
Triste est celui de roi; quel avantage
Peut compenser perte de liberté?
Après trotter une heure et davantage
Il s'arrêta : toute chose prend fin.
S'entrevoyait à travers le feuillage
Comme chaumière ou plutôt ermitage.
Il n'avait fait notre roi ce matin
Qu'un seul repas; jeunesse a toujours faim.
Course d'ailleurs et grand air, je suppose,
A l'appétit mettait aussi du leur.
Notre bon prince aurait de fort grand cœur
Mangé, je crois, quelque petite chose.
Le voilà donc qui descend tout joyeux
De son cheval; il courait vers ces lieux
Quand, s'arrêtant au milieu du bocage,
Comme ébloui mit la main sur ses yeux.
Il avait vu... Quoique fort jeune d'âge,
Notre héros, comme on le pense bien,
N'était garçon sortant de son village,
Naïf et neuf, ne sachant rien de rien.
Il connaissait toutes les belles choses,
Palais, beaux-arts, les femmes et les roses.
Rien ne prenait ses sens à l'imprévu,
Soyez-en sûrs... — Eh! qu'avait-il donc vu?
— Il avait vu... Je ne me voudrais faire

Avec personne une mauvaise affaire.
Pour ce qui suit, ô beau sexe enchanteur!
Ne va pas prendre à guignon ton auteur;
Ne te mets pas en de fausses alarmes.
Je songerais à ravaler tes charmes!
Plutôt laisser, ils me tiennent au cœur,
Et conte et vers et toute l'entreprise.
D'ailleurs ma plume est plume bien apprise,
Et seulement à vérité cédant,
N'écrit ceci qu'à son corps défendant.
Quand on mettrait ensemble en sa pensée
Beauté présente avec beauté passée,
Tout ce qui fit à la nature honneur,
Hélène même, Hélène avant le séducteur,
Avant l'époux et toute jeune fille,
Le front timide et de pudeur paré;
Vénus encor dans son berceau nacré,
Perle charmante, entr'ouvrant sa coquille,
Toute modeste, ignorant ses beautés,
N'ayant pas fait moindre bout de toilette,
Mais échangeant, d'humeur déjà coquette,
Entre cieux, rive et flots à ses côtés,
Comme entre amants, des regards enchantés;
En y joignant le printemps et l'aurore,
Rayons du ciel, fleurs des champs, plus encore,
Rien n'eût offert, on l'a déjà prévu,
Chose égalant l'objet qu'il avait vu.

C'était un ange, une forme céleste,
Mais cependant du sexe féminin.
Quels yeux! quel front! quelle taille! et le reste!
Elle était seule au milieu d'un jardin.
En ce moment notre belle déesse
De sa main même arrosait quelques fleurs,
Et les couvant de l'œil avec tendresse,
En prenait soin comme de jeunes sœurs.
Notre héros, qui l'avait entrevue,
De prime abord n'en soutint pas la vue.
— A tant d'attraits pourquoi fermer les yeux?
— S'il les ferma, le roi ne tarda guère
A les rouvrir; bien plus, mon curieux
Là ne s'en tint, et comme à la lumière
Un papillon s'empresse un soir d'été,
Il s'approcha de la jeune beauté.
Quand celle-ci toute à son arrosage,
Levant les yeux aperçut l'inconnu,
Elle poussa d'un air fort ingénu
Un petit cri de fauvette sauvage.
Était-ce peur? Peur d'un joli garçon!
Je ne crois pas, c'était plutôt surprise,
Car de tel air et de semblable mise
Il n'en courait beaucoup en ce canton.
Le prince aussi perdit un peu la tête;
Il ne savait que lui dire vraiment.
Garçon d'esprit, il se trouvait si bête!

Il se serait battu dans ce moment.
Jamais pourtant, à ce que dit l'histoire,
Ne se troublait notre roi de si peu,
Et deux beaux yeux, même cent, on peut croire,
Ne l'étonnaient; il était fait au feu.
Mais pour ce jour il faut qu'il s'en console.
Bon gré mal gré; de tout autre façon
Allait la chose, et l'amour à l'école
Le renvoyait comme un petit garçon.
Après rougir, se troubler et se taire,
Un doux causer obtint son tour aussi,
Et grâce à lui, ce semblant de mystère
Aux yeux du roi fut bien vite éclairci.
Sakountala, c'était la jeune fille,
Depuis l'enfance habitait dans ce lieu,
En tout n'ayant qu'un père pour famille,
Vieillard très-fort occupé du bon Dieu.
Ce père, où donc avait-il la cervelle?
Bois est-ce place à des objets si beaux?
Voulait-il donc pour cette demoiselle
Prendre un mari chez les petits oiseaux?
Non; mais notre homme, au sujet d'hyménée,
Avait aussi sa manière de voir.
Maris toujours sont par la destinée
Distribués à qui les doit avoir.
Lui donc, aimant son enfant d'amour tendre,
Laissait au ciel le soin de la pourvoir,

Et de pied ferme il attendait son gendre.
Jusqu'à présent pourtant à l'horizon,
Ni du couchant, hélas! ni de l'aurore,
Cet astre-là ne voulait poindre encore.
Sa fille était dans sa prime saison;
Elle n'avait que quinze ans tout à l'heure.
Il n'était donc péril en la demeure;
Rien ne pressait. Le cœur avec les sens
De compagnie à cet âge sommeille,
Somme léger et qu'une mouche éveille.
Notre bonhomme au moins sur une oreille
Pouvait dormir encor deux ou trois ans.
En doux langage et rimes fort jolies,
Un grand poëte ou deux ont prétendu
Que fille et rose à leurs tiges ravies
Sans nul retour, avaient leur prix perdu.
Dès le cueillir ils les disent flétries,
Blasphème affreux qui m'indigne à bon droit.
Méfiez-vous de la race chantante;
L'occasion, quelque rime tentante,
Peut la mener plus loin que l'on ne croit.
Le ciel a fait bien plutôt, je suppose,
Pour qu'on les cueille et la vierge et la rose.
Printemps passé, nulle sur son buisson
Ne veut rester; ce ne sont fleurs d'automne.
S'il faut cueillir fillette en sa saison,
Main d'un amant n'est-elle à cela bonne?

Je dis amant, mais comprenez mari.
  Nous avons donc laissé dans le bocage,
Un peu plus haut, ainsi que l'ai décrit,
Nos jeunes gens en très-doux bavardage.
Ils se disaient... c'étaient des mots charmants,
Sinon très-neufs, mais depuis six mille ans
Qu'il est éclos, ce ravissant langage,
Ne défleurit aux lèvres des amants.
Sakountala qui n'avait de sa vie,
Ni beaux ni laids, jamais vu de garçons,
Pour le premier était toute ravie;
Yeux le disaient de plus de cent façons,
Et de ce cœur tout neuf, mais non sauvage,
Troupe d'amours couraient à l'abordage;
En un moment il fut fait prisonnier.
Pour Douchmanta cette même aventure
Prenait vraiment une étrange tournure.
Depuis longtemps ne sait-il son métier?
En fait d'aimer n'est-il point passé maître?
Oui, mais l'amour de tout temps fut un traître;
Il a foison de dards en son carquois;
Car ce dieu-là fait flèche de tout bois.
Il faut pourtant savoir que ses blessures
Au fond souvent ne sont qu'égratignures
A fleur de peau. Pour les cœurs ici-bas,
Il n'a, dit-on, vraiment qu'un trait qui vaille.
Mais celui-là point ne faut qu'on s'en raille,

Il a parfois amené le trépas.
Soit qu'à raison on l'aime ou le haïsse,
De la blessure on ne peut l'arracher.
Or, cette flèche, ô prince encor novice !
Amour venait de te la décocher.
— Que voulait-il, ce jeune personnage ?
Femme de plus ? Nous le voyons venir.
Trois cents moitiés déjà dans son ménage,
C'est compte rond, ne s'y peut-il tenir ?
— Ce qu'il voulait, le savait-il lui-même ?
Sentir qu'on est près d'un objet charmant,
Qui nous sourit et peut-être nous aime,
Et s'enivrer de ce bonheur suprême,
N'était-ce assez pour le premier moment ?
Tout dès demain nous pourvoirons au reste.
— Je ne passe outre. Ah ! poëte tout doux,
Ce demain-là ne serait-il modeste ?
— Mes vers et moi pour qui nous prenez-vous ?
Jamais à mal n'avons fille entraînée,
Et notre cœur est plus pur que le jour.
D'ailleurs ma muse (elle est un peu bornée),
Sans la vertu ne comprend pas l'amour.

Toujours est-il qu'en l'âme du volage
Vieilles amours déjà cédaient le pas
Et s'envolaient ; ouverte était la cage.
Dans ce logis c'était un branle-bas,

D'un seul congé délogeaient trois cents flammes.
Plier bagage il vous fallait, mesdames;
Un seul regard détrônait vos appas.
— Votre roi mène une affreuse conduite!
— Affreuse ou non, j'en ai les pleurs aux yeux,
Car du passé l'on n'est pas si tôt quitte.
Vilain moment que celui des adieux!
Des deux côtés c'est peine fort cruelle.
Croyez-vous donc que l'on soit infidèle
Pour son plaisir et de gaîté de cœur?
Croyez plutôt que celui qui délaisse
Ne dit pas tout; l'ancien amour lui laisse
En s'éloignant sa pointe de douleur.
Savoir qu'on est l'innocence en personne,
Et d'autre part sentir d'affreux remords!
C'est votre faute, objets qu'on abandonne,
Et c'est de vous que viennent tous les torts.
Avoir osé vous poser en idoles,
Même inspirer quelques ivresses folles,
Laissant penser qu'il n'était sous les cieux
Rien de plus doux qu'un regard de vos yeux!
Cela mérite une vengeance insigne.
Nous faire ainsi jouer le rôle indigne
D'un idolâtre encensant de faux dieux!
Mais Douchmanta n'était homme, je pense,
A se tenir tous ces beaux discours-là.
Il faisait bien; pour moi je l'en dispense

Il ne voyait de finesse à cela.
Le raisonner sur de tels points sans doute
Ne sert de rien ; le pauvre cœur humain,
Tant tiraillé, fait souvent fausse route ;
Laissé tout seul, il va droit son chemin.
Celui du prince en sa belle équipée,
Ainsi qu'on voit, ne se gênait beaucoup :
Comme jument à son maître échappée,
Il galopait la bride sur le cou.
On me dira : ce jeune homme et sa belle
En ce bosquet, l'un de l'autre enchanté,
Les laissez-vous jusqu'à vie éternelle?
Pour moi je crois qu'on y serait resté,
Si ne venant, le bonhomme de père
De but en blanc n'eût rompu l'entretien.
— Gronda-t-il fort, ce grand homme de bien?
— Ah! lui, gronder ! ne le connaissez guère.
Surpris de voir un jeune homme en ce lieu,
Il vous l'accueille, embrasse, et lui fait fête,
Reconnaissant en ce doux tête-à-tête
Visiblement le doigt sacré de Dieu.
Il ignorait parler au roi son maître;
Mais lui trouvant bon ton et l'air ouvert,
A l'étranger crut sans se compromettre
Pouvoir offrir le vivre et le couvert.
C'est arrangé ; notre héros s'installe,
Et le voilà jusqu'à la fin du jour

Filant aux pieds de sa gentille Omphale,
Sinon quenouille, au moins parfait amour.
A ce filer volontiers on s'adonne;
Quand on est jeune, ah! quel charmant métier!
Sans marchander, de bon gré je vous donne
Tous les amours pour l'amour filandier.
Sakountala vraiment était aux anges,
Et dans son cœur neuf aux douceurs d'aimer
Que de secrets et surprises étranges!
Il s'éclairait en se laissant charmer.
Nature même aux fêtes de cette âme
Avait sa part: plus purs étaient les cieux,
Plus chauds les airs, les oiseaux chantaient mieux.
Il lui semblait qu'un rayon de sa flamme
Eût éclairé déjà les alentours.
Ce n'était plus soleil de tous les jours;
Un bien plus beau luisait. L'enfant ravie
En souriant saluait chaque fleur,
Et se sentait comme une folle envie
De tout presser ce jour-là sur son cœur.
Le lendemain, dans les formes d'usage,
Et déclinant ses dignités et nom,
On demanda la belle en mariage:
Pensez un peu s'il fut répondu non!
D'un roi puissant devenir le beau-père,
C'était un rêve, et l'on n'y croyait point.
A ce parti le pauvre solitaire

N'avait jamais songé ni près ni loin.
On convint donc pour hâter cette affaire
De célébrer la noce sans éclat.
Je ne crois pas qu'on parlât du contrat.
Sakountala, d'un si beau mariage
Ne comprenait qu'un côté seulement :
Qu'était-ce un roi? Dans ce grand personnage
La pauvre enfant ne voyait qu'un amant.
A votre avis fallait-il davantage?
Deux jours après on s'épousa dûment.
— On avait donc un prêtre à son service?
— Souvent un père a rempli cet office.
Quel patriarche en usait autrement?
Par un beau jour et d'une âme ravie,
De garçon jeune à vierge dans sa fleur,
Entre-changer serment d'amour à vie,
Le prononcer des lèvres et du cœur;
Puis un vieillard d'une voix attendrie,
Au nom du ciel bénissant ce serment;
Ainsi reçu, dites-moi, je vous prie,
Que trouvez-vous qu'il manque au sacrement?
D'hymen d'amour, on ne sait pas les suites.
Époux d'un jour, jeunes âmes séduites,
De ne changer ne jurez vos grands dieux :
On en a vu que cet état dégrise.
Liqueur d'amour en vase d'hymen mise
Est un vin aigre avant d'être un vin vieux.

Mais cependant ne vous le déconseille.
Vous le savez, elle n'a sa pareille,
Cette liqueur au feu des premiers jours;
Un doux parfum au fond du cœur en reste.
Ne pût-on boire à la coupe céleste
Qu'une gorgée, ah! buvez-y toujours.
Nos deux époux ne s'en faisaient pas faute,
Et mon conseil leur venait fort à point;
Ils s'enivraient; l'ivresse côte à côte,
A frais communs, ne leur déplaisait point.
Un bon grand mois écoulé, las d'attendre,
Notre vieillard qui déjà pour son gendre
Sentait remords, à la fin lui parla,
Lui rappelant les besoins de l'empire,
Puis ses sujets, puis ceci, puis cela;
Cinquante fois il revint à son dire;
On n'entendait de cette oreille-là.
C'était cas grave, et si dame Prudence,
Intervenant, prenait part au débat,
On envoyait au diable sa présence;
Mais force fut qu'enfin on lui cédât.
Il fallut voir alors la belle transe
Et les hélas de l'une et l'autre part.
D'amour, c'était la première traverse:
Soupirs, sanglots et les larmes à verse
Point ne manquaient au moment du départ.
Las! se quitter, encor qu'il en déplaise,

Pour deux grands jours...—Deux jours, rien que cela?
— Vous en parlez vraiment fort à votre aise;
N'auriez-vous donc jamais passé par là?
Comment? deux jours demeurer sans entendre,
La voix chérie! A tout cœur vraiment tendre
L'absence, hélas! fait un mauvais parti :
Rien n'est le dire, il faut l'avoir senti.
En s'éloignant le roi fit la promesse
De dépêcher une escorte en ces lieux
Pour ramener la nouvelle princesse.
Bien plus encore : au moment des adieux
Il lui laissa, ce n'était qu'en otage,
L'anneau royal qu'il portait à son doigt,
Et que jamais prince quitter ne doit;
Car cet anneau fait tout le personnage;
C'est son écharpe à lui, son cordon bleu.
En d'autres mains, songez-y donc un peu,
On aurait pu rassembler le jour même
Vassaux et flotte, armée et cour suprême,
Faire la guerre et mettre des impôts.
Un tel danger de la part de la belle,
(Elle n'était avare ni cruelle),
N'effrayait guère; on était en repos.
De Douchmanta, peut-être on le devine,
Ceci n'était qu'attention très-fine.
Grâce à l'anneau de son royal époux,
Dans ses États la nouvelle venue

Avec respect eût été reconnue.
D'honneurs pour elle il était fort jaloux.
Ah! quand un cœur a rencontré sa reine,
Il voudrait voir devant la souveraine
Tout l'univers tomber à deux genoux.
Le roi partit; il n'avait à sa suite
Qu'un doux rêver; cet hôte ce matin
Jusqu'au logis lui faisait la conduite.
Poëte ancien, pour d'autres ne les cite,
A dit en vers et dans un bon latin :
Lorsque poursuit le chagrin au front triste
Un pauvre diable, il n'en perd point la piste.
Si celui-ci met cheval au galop,
Voici que l'autre est en selle aussitôt,
Bien installé, sans façon, à sa guise,
Derrière l'homme et piquant des talons.
Pensers d'amour, point ne vous le déguise,
Sont aussi gens à ne pas lâcher prise.
Mais pour ceux-là ce sont doux compagnons;
Je leur permets de me servir d'escorte.
Notre roi donc galopait de la sorte,
Ne jetant point de regard de côté,
Droit devant lui, comme un fou, ventre à terre,
Quand un passant, c'était involontaire,
Légèrement fut du cheval heurté.
Or, des passants la nature est diverse.
Il s'en est vu qu'on pousse et qu'on renverse

Sans rien risquer; dans leur premier effroi
Ils vous diront : Monsieur, excusez-moi.
Ceux-là ce sont passants de bonne pâte.
Mais il en est d'un tout autre acabit.
Évitez-les quand courez en grand' hâte.
Tant seulement si frôlez leur habit;
Les offensez; manque d'égards les blesse.
Dans l'Inde saints sont gens de cette espèce:
Il ne faut pas leur marcher sur le pied.
Précisément le heurté de mon conte
En était un; il ne faisait quartier.
On ne pouvait le toucher à bon compte.
Avec le ciel étant du dernier mieux,
Il le chargeait du soin de sa rancune.
A mon héros il ne fit grâce aucune,
L'apostrophant de son ton furieux :
« Ah! je t'y prends, monarque sans cervelle,
Heurter ainsi personnage dévot!
Il t'en cuira. Ce matin chez ta belle
En étourdi tu laissas ton anneau :
Des jours passés je t'ôte la mémoire
Jusqu'au moment qu'il te sera rendu. »
Puis s'éloignant, à ce que dit l'histoire,
Il planta là le roi tout éperdu.
Mais à propos, maintenant que j'y songe,
Oter mémoire est peut-être un bienfait;
Sur le passé donner un coup d'éponge

En bien des cas serait d'un bon effet.
Quoi ! me ravir le plus cher de moi-même !
Amer ou doux, ô mon passé ! je t'aime.
Toi seul m'es tout; hélas! le présent fuit.
Qu'il pleure ou rie au moment qu'il s'éveille,
Un souvenir a douceur nompareille.
Sans ses hiers c'est peu qu'un aujourd'hui ;
A ne les perdre il est donc bien qu'on veille.
La mémoire est le coffret parfumé
Où tient notre âme un trésor enfermé;
Encore émue, en hâte elle y dépose
Joie et douleur, amour èt toute chose,
Cendres, hélas ! mais cendres de grand prix.
Ce coffret-là, jusqu'à cette occurrence,
Par des voleurs n'avait point été pris;
On le pouvait avec toute assurance
Sur soi porter en voyage lointain.
Mais regardez si chose est sûre au monde;
Un méchant saint, que le ciel le confonde !
L'enlève au prince en moins d'un tour de main.

II

De notre roi n'a-t-on point de nouvelles?
— Aucune encor. — Qu'est-il donc arrivé?
C'est nous laisser en des craintes mortelles;
Je n'en dors point. — Et moi j'en ai rêvé.

Discours pareils volaient de bouche en bouche.
Un roi perdu, c'est vraiment un peu louche.
Qu'un roi s'en aille ou meure, je l'admets,
Cela s'est vu : jamais, au grand jamais,
On n'en perdit. Anneau, bijou s'égare,
Monarque point. En un cas si bizarre
On ne savait à quel saint se vouer,
Même on n'osait qu'à demi l'avouer;
A ses voisins c'était prêter à rire.
Déjà l'alarme était dans tout l'empire.
Ordres couraient, police était sur pied.
On visita jusqu'aux moindres ruelles,
Jardins, réduits, tous lieux où près des belles
Roi de vingt ans pouvait s'être oublié.
A le chercher en des transes cruelles
On épuisa grands et petits moyens,
Le tout en vain : du roi point de nouvelles.
Chacun déjà donnait sa langue aux chiens.
Vieux courtisans, dans cette grave affaire,
N'aviez-vous point reproches à vous faire?
Quoi! nous voyons un unique berger
De plusieurs cents de moutons se charger;
Et chaque soir, sans qu'un d'entr'eux s'attarde
Tous bien comptés il les rend au bercail;
Et vous, Messieurs, le ciel pour seul travail
Un pauvre agneau de roi vous donne en garde,
Voilà qu'au bois le laissez par mégarde!

Qui sait? le loup l'a peut-être mangé.
De le trouver plus d'espérance aucune.
Ailleurs on eût le cas vite arrangé,
Prenant quelque autre et plutôt dix fois qu'une.
A l'évidence à contre-cœur rendu,
On y songeait, quand un jour sur la place,
Au grand galop, en simple habit de chasse,
Passa soudain ce prince archiperdu,
Devant le nez d'un chacun qui s'étonne,
En beau plein jour, soleil luisant aux cieux.
A tour de bras on se frottait les yeux;
C'était bien lui, le monarque en personne,
Frais et gaillard, dispos et bien portant,
Un peu bruni, se disait-on pourtant.
Au débotter que la presse fut grande
On le peut croire. Après l'avoir toisé,
Tâté, revu, l'on s'empresse, on demande.
De questions c'était un feu croisé;
D'où venait-il? Il se donnait au diable
S'il le savait. Ce n'était pas croyable :
Rester absent un mois sans savoir où!
De le presser on ne fut pas si fou.
Qui ne saurait tenir sa langue en poche,
Vite à la cour aurait poste perdu.
On pensa donc, penser n'est défendu;
Le roi se tait, amourette est sous roche.
Mais au logis un mauvais son de cloche

Ceci rendit. Pour moi ne sais moitié,
Fût-elle un ange, à qui pareille absence
N'eût donné prise à gronder d'importance.
Femme à huis clos est-elle sans pitié?
Je ne dis pas; lorsque l'amour s'en mêle
Après l'orage on revoit le beau temps.
On le revit chez le roi, mais querelle
A son retour montra d'abord les dents.
Ce fut un bruit, des hauts cris, et ces dames
Sur tous les tons lui chantaient trois cents gammes.
On fit la moue, on prit l'air refrogné,
Accommodant le tout de quelques larmes,
Puis on revint, voyant qu'en fait de charmes
Notre coureur avait plutôt gagné.
Qu'était-ce donc? Ayant perdu des belles
Le souvenir, il les trouvait nouvelles.
Y découvrant des millions d'attraits,
Il refaisait plus aimable auprès d'elles
Rôle d'amant, et sur de nouveaux frais.
Au moindre charme il trouvait grâce exquise;
Nul n'échappait, même le plus petit.
La nouveauté, sauce en amour requise,
Mettait son cœur en pointe d'appétit.
Dans ce cœur-là, Sakountala chérie,
A mon regret, ton passage fut court.
Sans que besoin soit de sorcellerie,
Vite oublié s'est vu parfois l'amour,

Jamais pourtant à ce point, que je sache.
Le plus souvent après rompre une attache,
Notre âme souffre où la chaîne a porté
Longtemps encor. Quand passion succombe
D'un souvenir qui de nous n'est hanté?
Autour des cœurs qui vous servent de tombe
Vous retournez errer à certains jours,
Chers revenants, ô défuntes amours!

C'est au palais qu'on en contait de belles;
Chacun tout bas s'en disait des nouvelles.
Le roi faisait de jolis quiproquos,
Il commettait bévue à tout propos.
Vieux courtisans blanchis dans les offices
Voyaient rayer leurs états de services:
Gens tout nouveaux prenaient le pas sur eux.
Qui ne se fût arraché les cheveux?
Secours promis, récompenses et dettes,
D'un pied léger allaient aux oubliettes;
Le roi semblait homme du ciel tombé,
Et du passé ne sachant A ni B.

Voici qu'un jour du palais à la porte
Tout frais des bois nous débarque un vieillard;
Bâton en main, vêtu de pauvre sorte,
Auprès du prince il voulait sans retard
Être introduit. S'il faut que vous le dise,

Il n'était seul ; femme de simple mise
De ce bonhomme accompagnait les pas.
Que charme y fût, on ne le savait pas.
Un long grand voile entourait sa personne.
Moi, sans la voir, pour belle je la donne :
Voiles toujours sont recéleurs d'appas.
On comprend bien que ce couple rustique
Dans le palais ne put entrer tout droit ;
De libre accès n'est jamais tel endroit
A pauvres gens. De plus d'un domestique
Il leur fallut rebuffade essuyer ;
On les laissait gémir et supplier.
Ils s'y prenaient de toutes les manières,
Et firent tant par leurs pleurs et prières,
Qu'un cœur moins dur qui passait près de là,
En fut touché jusqu'à s'offrir d'escorte
A leur servir. Dieu lui rende cela !
Par cent détours, par mainte et mainte porte
Ce guide aimable à bon port les conduit ;
Devant le roi le couple est introduit.
Or, ce jour-là notre jeune et beau sire
Précisément avait fort bien dîné.
— Un roi, je crois que cela va sans dire?
— Oui, mais avait repas assaisonné
D'un bon vieux vin qui le portait à rire ;
Ne s'en gêna, comme bien vous pensez.

LE ROI.

Que me veut donc ce grave personnage?

LE VIEILLARD.

Ce que je veux, ô monarque volage!
Mon seul aspect doit te le dire assez.

LE ROI.

De mes deux yeux, vieillard, je t'envisage;
Ton seul aspect ne me dit rien du tout.

LE VIEILLARD.

Auriez-vous donc oublié le beau-père,
L'épouse aussi qui vous était si chère?

LE ROI.

Tu me fais là conte à dormir debout.
Beau-père, épouse, et toute la famille
Sont gens que n'ai jamais vus ni connus.
Ah! retournez d'où vous êtes venus.

LE VIEILLARD.

Vous ne le niez? Sakountala, ma fille,
N'est votre femme?

LE ROI.

Attends! Sakountala?
Non, n'en ai point qui porte ce nom-là.

LE VIEILLARD.

Mais c'est trop fort! c'est moi, moi que voilà
Qui vous unis.

LE ROI.

Conte-nous cette histoire.

LE VIEILLARD.

Quoi ! vous raillez? Ah ! je ne le puis croire.
Parmi vos pleurs n'en fût-il qu'un de vrai...
Car vous pleuriez en nous quittant vous-même...

LE ROI.

Si j'ai pleuré, ces pleurs sans peine extrême
Se sont séchés.

LE VIEILLARD.

Hélas ! il y paraît.
N'est-ce pas moi qui dans notre forêt
Vous accueillis, si j'ai bonne mémoire?
Dans ces bosquets pendant un mois fêté,
Vous paraissiez sensible à la beauté.

LE ROI.

D'accord, mon cher, ceci tourne à ma gloire.
Comment? chez toi je fus si bien traité ?
Quand tout cela n'aurait eu lieu qu'en songe.
C'est très-flatteur. Dis-moi donc à ton tour
De quoi je puis t'obliger en retour ;
Je le ferai de grand cœur, sans mensonge.

LE VIEILLARD.

Sire, et c'est vous qui me le demandez !

LE ROI.

Mais oui, parbleu ! c'est moi qui le demande.
De quel démon ces gens sont possédés !
Bien que d'un roi la puissance soit grande,
Point n'est sorcier.

LE VIEILLARD.

Tous ses chagrins passés
A cette enfant par un amour fidèle
Faire oublier, et demeurer près d'elle,
Serait-ce trop?

LE ROI.

C'est déjà bien assez!
Mais avant tout ta fille est donc jolie?

LE VIEILLARD.

Hélas! ses pleurs l'auront un peu pâlie;
Puis son état...

LE ROI.

Son état! Que dis-tu?

LE VIEILLARD.

Vous n'avez point deviné ma pensée;
Dire voulais sa grossesse avancée.

LE ROI.

Grosse? vraiment? Tel échec à vertu
Comme à beauté, n'est-ce donc rien qui nuise?
Sans sourciller, comme il vous dit cela!
N'es-tu pas fou, bonhomme à tête grise,
De m'amener femme en cet état-là?

LE VIEILLARD.

En cet état, c'est vous qui l'avez mise.

LE ROI.

Sans le savoir, j'aurais eu cet honneur?

LE VIEILLARD.

Ah! réparez votre indigne conduite.
Peut-être alors la pauvre enfant séduite
(Car rien encor n'a détaché son cœur),
Pardonnerait à l'auteur de sa peine.
Depuis cinq mois vous attendant toujours,
Sa vie, hélas! dans le deuil elle traîne.
Du souvenir de ses courtes amours
Elle repaît depuis lors sa tristesse.
Moi seul je sais combien elle a pleuré.
Si ne vouliez qu'éprouver sa tendresse,
Seigneur, l'épreuve a déjà trop duré.

LE ROI.

Je n'y songeais; mais en ce qui me touche,
Elle pourrait encor durer longtemps,
Sois-en certain.

LE VIEILLARD.

Quoi! c'est de votre bouche
Le dernier mot?

LE ROI.

Le dernier.

LE VIEILLARD, à Sakountala.

Tu l'entends?
Devant ces yeux dont tu t'es laissé prendre,
Dévoile-toi sans davantage attendre,
Ma pauvre enfant. Il n'est point de rocher
Qu'un tel aspect ne parvînt à toucher.

LE ROI.

Peste, vieillard, la belle créature!
Je suis touché, très-touché, je t'assure.
Où cachais-tu cet objet précieux?
De parti pris tu commis faute grande.
Faire à ton roi tort de deux si beaux yeux!
Cela mérite au moins que l'on te pende.

SAKOUNTALA.

Le voilà donc cet accueil réservé
A votre épouse! Aux jours de nos tendresses
Je me l'étais tout autrement rêvé.
Vous me faisiez de si belles promesses!
Ainsi que moi je vous croyais charmé,
Car notre cœur facilement suppose,
Dans un objet qui nous est toute chose,
Le même amour dont il est enflammé.
De cet amour ne me rendez victime;
Sakountala n'a commis d'autre crime,
Si c'en est un, que d'avoir trop aimé.
Est-il de ceux qu'un amant ne pardonne?
Puis notre enfant...

LE ROI.

Notre? vous êtes bonne!
Vous y tenez; c'est moi qui l'ai commis
Ce doux péché dont on vous voit si ronde?

SAKOUNTALA.

Péché! j'ai cru qu'il nous était permis...

LE ROI.

Ma chère enfant, tu te moques du monde;
Mais cependant je te fais mes aveux :
De très-grand cœur j'eusse été le coupable.
Ne l'être pas, ce n'est point pardonnable;
D'être innocent, j'enrage et je m'en veux.
Hélas! on l'est, bien que l'on s'en repente.
Vers tes beaux yeux je me sens une pente,
Mais ce n'est point à dire pour cela
Que je prendrai ton enfant sur mon compte.

SAKOUNTALA.

Comment, seigneur, n'avez-vous point de honte?
Vous ne parliez, certes, de ce ton-là,
Vous le savez, lorsqu'au milieu des larmes
L'anneau royal me laissiez au départ.

LE ROI.

Bah! mon anneau! je l'aurais autre part
Été chercher; mais vos mains ont des charmes
Dont s'embellit jusqu'à l'objet rendu.
Où donc est-il?

SAKOUNTALA.

Hélas! je l'ai perdu,
Ne me grondez. La semaine dernière,
Lorsque prenais un bain à la rivière,
Il me sera, je crois, du doigt glissé.

LE ROI.

Oh! c'est trop fort! Vous avez donc pensé

Qu'à votre gré vous m'en feriez accroire,
Et là-dessus bâtissez une histoire?
Ton père ici, toi-même avec tes pleurs,
Vous m'en contez de toutes les couleurs.
Un mot sans plus : J'aime très-fort les belles,
C'est là mon faible, et je ne nîrai pas
Que l'on pourrait au feu de deux prunelles
Me mener loin; même irais de ce pas
Où me voudraient entraîner tes appas.
Raison d'État (et je m'en désespère,)
M'empêche ici. Le ciel qui m'est sévère,
Jusqu'à présent ne m'a d'enfant donné.
Ce bâtard-là serait mon premier-né?
Ne m'en dédis, tu me plais et me touches.
Retourne vite au fond de tes forêts,
En tout loisir fais-y d'abord tes couches,
Ma belle enfant, et nous verrons après. »

Sans dire un mot, de la riche demeure
Nos pauvres gens s'éloignèrent sur l'heure,
Le cœur gonflé, larmes coulant à flots.
La jeune femme était vraiment hors d'elle,
Et sous le voile où se cachait la belle,
On eût ouï le bruit sourd des sanglots.
Notre monarqne oublia cette affaire,
De ces gens-là n'entendant plus parler.
Ils étaient fous, la chose est toute claire :

On le serait de s'en vouloir troubler.
Croit-on vraiment que n'ayons rien à faire?
L'amour, la chasse, autres ébats, loisir
Ne laissent point à tête couronnée;
Tant s'amuser ce n'est pas tout plaisir.
Il s'écoula quelque trois quarts d'année,
Ou guère moins, lorsqu'à haute clameur
Un beau matin, du Sire en la présence
On vous traîna, sous forme de pêcheur,
Un pauvre diable. A son air d'innocence
Ne vous fiez, c'est un hardi voleur:
Les gens du roi, non sans grande surprise,
De cet anneau l'ont rencontré nanti.
Qu'en faisait-il à son doigt? Qu'il le dise,
A ce témoin qu'il donne un démenti.
Cet homme en vain du ton le plus sincère
Allait jurant qu'en poisson de rivière,
Et qu'il avait dans ses filets pêché,
Ledit objet s'était trouvé caché.
Auprès de gens qui n'y voulaient entendre,
Ce conte-là n'avait point de succès.
Tous d'un avis le voulaient mener pendre,
Quitte plus tard à revoir le procès.
Au retrouver de sa bague, on peut croire,
De notre roi grand fut l'étonnement.
Tout le passé lui revint en mémoire
Comme un éclair. Doux et triste moment!

Sakountala, ton image charmante
Fut la première au poste à revenir :
Grâces, douceur, et charmes d'une amante,
De se presser tous à son souvenir.
Son cœur n'y tint lorsqu'aux larmes versées
Il resongea; puis, au dernier départ,
Toutes douleurs par son amour causées,
Cette voix triste et ce pleurant regard,
Bien qu'après coup, déchiraient sa pauvre âme.
Il se donnait nom de traître et d'infâme,
Et s'était pris lui-même en telle horreur
Qu'à se tuer il songeait; de douleur
On l'eût dit fou. Bientôt même, je gage,
Il le serait tout de bon devenu,
Si quelque espoir ne fût pour lors venu
Fort à propos ranimer son courage.
Morne et muet, sur son cheval, d'un bond
Le roi s'élance, et l'animal l'emporte
Comme ouragan qu'entraîne l'aquilon.
— Pauvre garçon, sans suite, et de la sorte
Où courait-il? — Quoi! vous le demandez?
Il retournait vers la forêt ombreuse
Où folâtrant, et sous étoile heureuse,
Amour naguère avait ses pas guidés.
Aux alentours il cherche en vain... personne!
Ces pauvres bois, on les avait quittés.
Déjà printemps y tressait sa couronne,

Mais pour le roi, c'étaient lieux dévastés.
Il revit tout, chaume, grotte sauvage
Qui lui prêtaient jadis leurs doux abris,
Et ce bosquet où la divine image
Se découvrit à ses regards surpris.
De ses amours c'étaient partout débris!...
Même il crut voir au détour d'un bocage
Sur sable fin trace des pas chéris.
En mille endroits de nouvelles tristesses
Semblaient surgir où fut son cœur charmé.
Ah! si perdez l'objet de vos tendresses
Fuyez les lieux où vous avez aimé!
Quand il revint de ce triste voyage
Ce fut l'air sombre et le front soucieux;
Le revoyant avec un tel visage,
Les courtisans ouvraient tous de grands yeux.
On espéra qu'amour et que bel âge
Ramèneraient la joie à la maison,
Mais mon héros attrapa bien son monde,
Lorsqu'en ce train de douleur si profonde
On vous le vit s'embarquer tout de bon.
Chacun alors, sans se le faire dire,
Se mit au pas. Au milieu d'un sourire
On en voyait qui s'arrêtaient tout court.
Jamais le deuil ne fut si fort de mise;
Les pleurs surtout étaient très-bien en cour;
Les provoquer semblait bonne entreprise.

De ce désir courtisans possédés,
Aux souvenirs fouillant en diligence,
En exhumaient quelque déshéritance,
Procès perdus et tous leurs décédés.
Qui n'eût alors retrouvé quelque larme
Qu'il n'avait point achevé de pleurer?
Quand on l'avait, tout chaud, comme d'un charme
Devant le prince on allait s'en parer.
Plaisir chômait où jadis son empire
Avait les cœurs soumis. Plus de franc rire,
Plus de chansons. Adieu les fins repas
Et ces bons vins qui font penser aux belles.
Ce cher logis qu'amours toujours nouvelles
Avaient choisi pour lieu de leurs ébats,
Se fit tombeau; le prince avait la mine
D'homme qui prend, las de son ici-bas,
Sans qu'à cela cause aucune on devine,
Pour en sortir chemin du désespoir.
Son pauvre cœur était tendu de noir.
Il n'avait goût à nulle chose au monde,
Et s'il mangeait, c'était du bout des dents.
Son seul plaisir en sa douleur profonde
Était parfois, dans les bois à la ronde,
De promener sa peine et ses vingt ans.
Car la nature a vertu souveraine
Sur nos chagrins qu'elle calme et guérit.
La retrouvant toujours belle et sereine,

Le cœur s'apaise : Encore endolori,
Il se rentr'ouvre aux douceurs de ses charmes :
Ainsi l'enfant qui jetait cris et larmes
Se tait devant sa mère qui sourit.
Pendant trois ans il fut donc au régime
De la nature et des pleurs, notre roi ;
Dans les forêts sa compagnie intime
Allait chercher. Les hôtes de l'endroit
N'y redoutaient ni guet-apens ni crime.
Ce n'était plus ce chasseur d'autrefois ;
C'est en ami qu'il faisait sa tournée ;
Biches et daims sous l'ombrage des bois
Pouvaient dormir la grasse matinée.
Un beau jour donc que de sa cour suivi
Le prince allait rêvant selon l'usage,
Du bel aspect d'un lieu vraiment sauvage
Le hasard fit que son cœur fut ravi.
Je dis hasard, mais je faux ; de lui plaire
Ces lieux avaient les meilleures raisons :
C'était désert tout pur : pauvres buissons
Parmi rochers, plus un tronc séculaire
Qui, foudroyé, dominait cet endroit.
A son courant de tristesse ordinaire
Avait reçu notre héros surcroît.
Plusieurs courriers envoyés par ce prince,
Notes en poche et bon signalement,
Sans rapporter espoir tant soit peu mince,

Tous de retour étaient pour le moment.
Il trouva donc cette place de teinte
Bien assortie à celle de son cœur,
Et s'arrêtait, lorsque par une plainte
Notre roi fut distrait de sa douleur.
Sous un rocher il aperçut tout proche
Enfant blotti qui s'affligeait très-fort;
Le cœur ému, le roi de lui s'approche.
Depuis savoir qu'il avait, grâce au sort,
Peut-être un fils trottant de par le monde,
Sans éprouver émotion profonde
Il ne pouvait rencontrer un bambin.
Mais celui-là c'était un chérubin;
Il avait bien trois ans et quelque chose.
Son beau visage humide encore et rose
Paraissait fleur sous larmes du matin.
On le console et le voilà qui cause.
Il raconta qu'il s'était égaré
Cueillant des fleurs, mais que sa peine amère
Croissait surtout au penser de sa mère;
Qu'elle l'aurait déjà cherché, pleuré,
Car il était son seul bien. « Et ton père? »
Lui demanda le roi. — Je n'en ai point. »
Enfant sans père était un cas étrange :
On n'insista nullement sur ce point.
« Mais par bonheur, reprit le petit ange,
J'ai mon aïeul; le ciel me l'a gardé.

Il est tout vieux, tout tremblant, tout ridé.
S'il était beau comme toi de visage
N'en aurais peur quand je ne suis pas sage. »
Et dans ce train d'innocent babillage
Notre marmot amusait prince et cour,
Lorsque soudain voici que femme accourt,
En grand émoi, pleurante, échevelée,
Mais toute belle encor que désolée.
A son aspect le roi s'arrêta court,
Émus, sans voix ; une pâleur mortelle
Couvrit ses traits, car enfin c'était elle...
— Elle, mais qui ? — Comment ! Sakountala.
Elle n'eut d'yeux d'abord, il le faut dire,
Que pour son fils, et ses pleurs en sourire
S'allaient changeant, quand tout à coup voilà
Que s'approchant, aperçoit le roi là.
Jeter un cri, comme biche légère
Fuir, emportant son enfant dans ses bras,
Sans dire un mot, d'un instant fut l'affaire.
Si notre roi s'élança sur ses pas,
Quoique tremblant, cependant d'un pied leste,
Si, le fuyant, cet objet adoré
Se vit rejoindre et pas à contre gré,
Ne le dirai, cela se sait de reste.
On supplia, l'on gémit, on pleura,
Entremêlant doux regard et mot tendre.
Que le pardon ne se fit guère attendre,

Qui n'a jamais aimé ne le croira.
Nous, dont le cœur a déjà fait ses preuves,
Nous le croyons ; ce ne sont choses neuves
Que ces façons d'agir chez les amants.
L'offensé même y trouve de grands charmes ;
Ce n'est pas lui qui regrette les larmes
Dont a payé de semblables moments.
Tout s'éclaircit : on habitait chaumière
Des bois voisins cachée en l'épaisseur ;
Depuis longtemps on avait la première
Abandonnée, et pour raison de cœur.
Lorsque le sort qui brouilla leurs étoiles,
De deux amants remet la barque à flot,
Quels doux zéphyrs enflent alors les voiles,
Et de quel cœur on revogue en même eau !
D'absence longue avant douleur sentie,
Ce qu'on s'était on ne le savait pas.
Tendresse après se tient pour avertie ;
Elle aurait peur de s'écarter d'un pas.
De nos amants le cœur revint au gîte
Pour n'en sortir ; après ce beau retour
Pensez un peu s'il ressaisit de suite,
Au grand galop, le fil de son amour.
Dans ses palais notre reine étonnée,
Par son époux fut en pompe menée :
La joie alors y reprit ses honneurs.
Sakountala goûtait le rang suprême,

Et sur son front le nouveau diadème
Fut plus léger qu'un chaperon de fleurs.

A mi-chemin, ô lecteur de mon âme!
Si ne m'as fait l'affront de me planter,
Un mot encore avant de nous quitter.
Je ne veux pas que sur si belle flamme
Ombre de doute il te puisse rester.
Avant que n'eût la reine en sa demeure
Un pied posé, le héros de mes chants,
Par un motif délicat, fit sur l'heure
A ses beautés donner la clef des champs.
De doux oiseaux cette troupe envolée
Non sans regrets et soupirs infinis,
A tire-d'aile et tout d'une volée
Alla bientôt s'abattre en d'autres nids.
Elle put donc, notre épouse au cœur tendre,
Ne trouvant point de femmes sur les lieux,
Penser encor que le roi pour s'éprendre
Avait vraiment attendu ses beaux yeux.
Le don charmant que l'on fait de soi-même
Est défloré, si celle qui nous aime
Sait ne l'avoir que de seconde main.
En fait d'aimer la primeur est exquise;
Mais sur ce point amante bien éprise
A tromperie aplanit le chemin.
Rien n'est d'ailleurs si vrai que ce mensonge :

Lorsque jeunesse en pouvoir d'un beau songe
Dans les plaisirs se jette à cœur perdu,
Brûler alors pour nombreuses coquettes
Un grain d'encens, ce n'est point défendu.
Nous le savons, est semé d'amourettes
Chemin qui mène à l'amour sous les cieux.
Jeunes beautés, lorsqu'aux pieds de vos charmes
Amant touché vient déposer les armes,
Jusqu'à ce jour vous attestant ses dieux
Qu'il n'aima point, croyez-le sur parole.
Tout le passé n'était qu'ivresse folle,
Essai d'aimer, sens un moment surpris,
Désirs cherchant leur véritable reine,
Et de ce cœur cent fois pris et dépris
Un amour vrai vous réservait l'étrenne.

ÉPILOGUE

Sur le départ, vous voilà donc, mes belles;
Courage, allons, prenez des airs aisés.
On le voit bien, dans ces robes nouvelles
Vos doux attraits sont tout dépaysés.
Vous regrettez la largeur de vos voiles.
Habits semés de perles et d'étoiles

A ce point-là vous tiendraient-ils au cœur?
De leurs longs plis j'ai retranché l'ampleur,
Taillé, rogné selon qu'il m'accommode.
Changeant de ciel on change aussi de mode ;
Là robe longue, et plus loin jupons courts.
Simplicité plaît où je vous envoie.
Les frais appas plus que les beaux atours
Y mèneraient la bande des amours.
Ces fripons-là se donnent au cœur joie
Lorsqu'un peu leste ils ont trouvé beauté.
Le vif, le net, et quelque nouveauté
En ce pays sont toutes friandises.
La robe simple où j'ai vos grâces mises
N'y nuit de rien. Il se pourrait qu'à gré
L'on eût aussi votre innocent sourire.
Hélas! chez nous Muses ont tant pleuré
Qu'on en est las ; on voudrait un peu rire.
Que votre rire ait donc tour gracieux,
Même coquet, je n'en défends l'usage.
D'un doux regard que votre gai langage
Soit appuyé, cela vous sied au mieux
Chez les Français, experts en badinage,
Mais aux bons vers préférant les beaux yeux.

LIVRE SECOND

———

L'ERMITE

LIVRE SECOND

L'ERMITE

CONTE TIRÉ DU RUSSE

Sur les vieillards, lorsqu'au troyen rivage
Hélène un jour eut levé ses beaux yeux,
Barbons émus disaient à son passage :
« Nous pardonnons pour si charmant visage
D'avoir risqué la patrie et les dieux. »
Ne suis barbon, messieurs, et je vous blâme
Pour la beauté d'aventurer votre âme.

Si de la grâce il fut un cœur touché,
C'était celui de l'ermite Fulgence.
Il ne rêvait que jeûne et pénitence :
Ame plus ferme en l'horreur du péché
Quand trouverez, je l'irai dire à Rome.
Sachant du ciel les sentiers fort étroits,
Plus sûr chemin n'avait trouvé notre homme
Pour se sauver que le fin fond d'un bois.

Ce qu'il fuyait, quant à moi, je soupçonne
Que c'était vous, objets doux et tentants:
D'autres que lui, saints fameux en leur temps,
Vous ont bien pris pour le diable en personne.
Le ciel n'a pas de plus grands ennemis,
A dire vrai, que vos attraits, mesdames;
Sur cet écueil ont chaviré tant d'âmes!
Passer au large est, ma foi, bien permis.
Notre héros se tenait à distance,
Rosaire en main, disant mainte oraison.
Un soir de mai... Ce sont heure et saison,
Que pour tenter les âmes d'importance,
Choisit le diable; il a, je crois, raison.
Les gens pieux vous diront qu'à l'aurore
Ils ont toujours senti leur cœur dispos,
Que le matin y fais sans peine éclore
Comme des fleurs, amour et bons propos.
Ils défîraient l'enfer et sa séquelle
En ce moment. Lorsque baisse le jour,
Prière aussi voit s'alourdir son aile;
Cœur ne dit mot, lèvres s'arrêtent court:
Mais c'est bien pis quand le printemps s'en mêle.
Un beau jour donc, à l'heure et mois susdits,
Notre héros, toujours plein d'un saint zèle,
Vaquait au soin d'aller en paradis,
Quand il sentit, pourquoi? je le demande,
Pieux élans se changer en dégoûts.

Dans son effroi d'abord il se gourmande :
« Eh! qu'est cela? Fulgence y pensez-vous?
Que vous prend-il? Quoi! tiédir de la sorte!
Vous vous perdez, c'est moi qui vous le dis. »
Mais vainement il se tance et s'exhorte,
Pensers longtemps à notre homme interdits,
Tout doucement entre-bâillaient la porte
Et laissaient fuir saints désirs et ferveur.
Des souvenirs, fléau de sa prière,
Doux et charmants, de trente ans en arrière,
A pas de loup s'approchaient de son cœur.
Il faisait chaud; Fulgence crut bien faire
De prendre l'air un peu pour se calmer.
Il ouvrit l'huis; ceci gâta l'affaire.
Passe pour l'huis, mais il fallait fermer
Son âme au moins : elle était grand ouverte.
Aux environs, dans la forêt déserte,
Oiseaux pour lors chantaient à qui mieux mieux,
Zéphyr baisait les fleurs avec tendresse,
La lune aussi, cette vieille traîtresse,
Ses doux rayons laissait tomber des cieux.
Écouter chants, assis près de sa porte,
Tout seul, à l'heure où la lune paraît,
Même aspirer, si brise les apporte,
A pleins poumons senteurs de la forêt,
Ce n'est péché, quand le diable y serait.
Le diable y fut, du moins je le suppose.

A son profit il tourna toute chose,
Lune et parfums, et Zéphyr et chansons;
C'est son métier, ce lui fut tâche aisée.
De mon héros l'âme ainsi disposée,
Voici qu'un cri sort du fond des buissons,
Cri faible et doux; la voix disait : Fulgence!...
L'ermite ému se lève en diligence :
« Qu'arrive-t-il? Grand Dieu! que me veut-on?
C'est, je le crois, quelqu'un de connaissance.
En ces forêts qui peut savoir mon nom? »
Or, ce quelqu'un c'était plutôt quelqu'une,
Bien le disait la douceur de la voix;
Mais que venait faire à ce clair de lune
Femme, la nuit, sous le couvert des bois?
C'était suspect, mais la voix semblait tendre,
Elle annonçait quelque quinze printemps.
Hier encore on eût pu s'en défendre,
Mais aujourd'hui... La voix prend bien son temps!
Le voilà donc, notre grave et saint homme
Battant les bois et foulant les gazons.
Au bruit qu'il fait, sort de son premier somme,
Tout en sursaut, l'habitant des buissons.
La voix toujours fuyait à son approche :
Elle échappait à ses désirs déçus.
Elle est là-bas, puis tout près, puis moins proche;
Il ne pouvait mettre la main dessus.
Et, dans l'ardeur d'une vaine poursuite,

Il eût, je crois, couru jusqu'à demain,
Si brusquement à mon vieux fou d'ermite
Un large étang n'eût barré le chemin.
Il s'arrêtait, lorsque sur l'eau dormante,
Où s'étalaient des fleurs de neige et d'or,
Une autre fleur plus fraîche et plus charmante
A ses regards parut vers l'autre bord.
Rose n'était ni lis, bien que la grâce
Et la couleur pussent tromper de loin.
On était vieux et de vue un peu basse,
Et cependant on ne s'y méprit point;
On reconnut que c'était femme blonde,
Belle à ravir. Ciel! pour notre vertu
Quel rude assaut! Jamais mortel au monde,
Depuis Vénus sortant du sein de l'onde,
Ne vit objet plus beau ni moins vêtu.
Si, comme on dit, chastes sont les étoiles,
Rougir alors eût été bien le cas,
Tant ce soir-là notre nymphe sans voiles
A leurs regards osa montrer d'appas,
Et de ses yeux, tout noyés de tendresse,
Sur le vieillard fit d'œillades pleuvoir.
Baisers aussi volaient à son adresse.
En souriant la jeune enchanteresse,
De ses attraits essayait le pouvoir.
Quoi! de si loin? — Je voudrais vous y voir.
Même de loin n'affrontez pas les belles,

Tournez plutôt le dos à l'ennemi.
On vous dira que désir a des ailes,
Or, si c'est vrai, ce n'est vrai qu'à demi :
Vers son objet l'âme à grand vol arrive.
Oui, mais le corps? Le corps est bien traité!
Pour cette fois, demeuré sur la rive,
Dieu me pardonne! il eût le saut tenté,
Si justement la lune en quelque nue,
N'avait soudain dérobé ses rayons.
Dans l'ombre aussi disparut l'inconnue,
Et mon vieillard resta seul à tâtons.
Le cœur lui bat et l'oreille lui tinte.
Qu'il fut penaud, je le dis le premier.
Il soupirait; en répétant sa plainte,
Écho de loin le prit pour un ramier.
Le lendemain, lorsque la blonde aurore,
Au jour naissant, vint dorer l'horizon,
Elle sourit de le trouver encore
A deux beaux yeux rêvant sur le gazon.
Tout déconfit, en fort triste équipage,
(Sa robe, hélas! n'était plus que lambeaux,)
Non sans laisser son âme au bord des eaux,
Fulgence enfin revient à l'ermitage,
Puis il se couche. Un ermite de bien
Vite en rentrant aurait fait sa prière;
Lui, non; notez qu'il était en arrière
D'une la veille, autant qu'il m'en souvient.

Sommeil d'abord n'approcha du pauvre homme,
Puis, par pitié, tant il le voyait las,
Il nous le vint prendre entre deux hélas.
Dire combien pendant qu'il fit son somme
Devant son nez il défila d'appas,
De frais minois, de beautés très-peu mises,
Serait scabreux, je ne m'en charge pas.
Avec l'amour quand un cœur est aux prises,
Songe parfois se permet tels ébats.
Fulgence enfin s'éveilla sur la brune.
Au soir d'hier repensant et rêvant,
Non sans espoir il vit poindre la lune.
Son cœur tremblait comme une feuille au vent,
Quand tout à coup, il n'en croit son oreille,
La même voix, ou du moins sa pareille,
L'appelle au loin. Un trop funeste attrait
Poussait l'ermite; il partit comme un trait.

Deux mois plus tard quelque enfant du village,
Cherchant des nids, ne fut pas peu surpris
Sur un étang, et tout près du rivage,
De voir flotter une barbe aux poils gris.
Il eut grand'peur et s'enfuit, comme on pense.
Alors qu'on sut la chose aux environs
Du lieu maudit se tinrent à distance
Les dénicheurs, jusques aux bûcherons.
Mais en revanche, oiseaux par ribambelles

Vinrent loger bien vite aux alentours.
On prétendrait qu'encore de nos jours
Printemps y voit moins de feuilles nouvelles
Sur les rameaux, que de nids et d'amours.

Vous me direz qu'en la présente histoire
Le diable aidait à d'attrayants appas;
Qu'ils s'entendaient comme larrons en foire.
N'auriez-vous donc jamais en d'autres cas,
Belles, causé perte de corps et d'âmes
De votre chef? Si fait, vraiment, mesdames.
Sans diable aucun, et je soutiens ce point,
Si vous vouliez au bord des eaux dormantes
Montrer souvent grâces aussi charmantes,
Pauvres étangs! ils n'y suffiraient point.

L'ENTREVUE NOCTURNE

8

L'ENTREVUE NOCTURNE

CONTE TIRÉ DES MILLE ET UNE NUITS

I

Forcer d'aimer gens qui n'en ont envie,
N'y songez pas, c'est un mauvais moyen.
L'amour est libre, et jamais de la vie
Par la contrainte on n'en obtiendra rien.
Offrez plutôt, (ce serait ma manière)
Au cœur objet qui le puisse engager;
A son devoir il courra se ranger,
Point n'y faudra la croix ni la bannière.

Sur les confins du terrestre séjour
Il arriva qu'une fée en tournée
D'un sien ami fit la rencontre un jour,
Génie aimable et que sa destinée
Portait sans cesse à se mêler d'amour.
Un tel emploi n'était pas mince affaire.
Cœurs à pourvoir et cœurs à désarmer
Ne laissaient point notre lutin chômer.
La fée aussi avait un caractère

De même trempe. Amants à sa bonté
Avaient des droits. Grand point chez une dame,
Elle admirait dans autrui la beauté,
Quand cet autrui même aurait été femme.
« D'où venez-vous? » Ce fut la question
Qu'on s'adressa de première abordée.
D'un peu jaser trouvant l'occasion,
L'un répondit : « Vous n'en auriez l'idée.
L'autre aussitôt, du ton le plus discret :
« Je vous le donne en cent; — C'est un secret?
— Non pas. Je viens de voir une merveille,
Une princesse. Ah! mon cher que d'appas!
— Et nous aussi nous venons de ce pas
De contempler la beauté sans pareille
D'un jeune prince. Quel garçon fait au tour!
— D'étonnement mon âme est encor pleine.
— Je suis ravi. — C'est le charme d'Hélène.
— C'est la beauté qu'on prête au dieu du jour.
— Dans son palais ma belle est enfermée.
— Mon prince à moi gémit sous les verrous.
— D'un grand mépris nous sommes animée
Contre l'amour, et le seul nom d'époux
Nous fait horreur. — Jamais la moindre femme
Ne nous sera de rien, nous le jurons.
— Bien qu'à l'envi les rois des environs
De leurs soupirs aient étourdi ma dame,
Ils n'ont reçu que dédains et qu'affronts.

— Sur notre cœur mille objets pleins de charmes
De leurs regards ont émoussé les traits;
A tant d'appas qui l'assiégent de près
Mon prisonnier n'a point rendu les armes.
— Notre vieux père est en grand embarras :
Si cela dure, il se voit sur les bras
Cent ennemis. Or donc, il nous enferme
Pour nous contraindre à choisir un époux.
— Aux longs refus de mon beau favori
Son père aussi croit qu'il va mettre un terme.
A notre cœur il veut forcer la main.
— Depuis deux mois ma princesse tient ferme.
— Mon jeune ami ne prend pas le chemin
De rien céder. — Un regard de ma belle
Mettrait bientôt ton prince à la raison.
— Le seul aspect de mon joli garçon
A ton Hébé tournerait la cervelle.
— Vous vous leurrez.—Ah! c'est trop vous flatter!
Où tant d'attraits et beaux yeux en personne
Ont échoué, vous pensez l'emporter?
—Me permets-tu, mon cher, de le tenter?
— Très-volontiers; de plus je t'abandonne
Tout mon pouvoir sur le jeune Aladin.
Fais de ton mieux; — va, va, je lui destine
Une surprise avant demain matin;
Et gare à lui si jamais il s'obstine
A refuser hommage à nos appas !

De ton côté tu peux au cœur d'Amine
Livrer l'assaut. — Je n'y manquerai pas. »

II

Or, le garçon dont notre bon génie
Vous entretint, était bien en effet
Des mieux tournés; point ne l'avait surfait.
De la nature une œuvre aussi finie
Ne s'était vue encore au temps passé.
Vous me direz qu'un tel excès de charmes
Chez les messieurs serait fort mal placé;
Qu'à leur sujet on voit assez de larmes
Couler déjà; qu'ils savent désarmer
La vertu même et la prendre en leurs trames,
Et tels qu'ils sont se font encore aimer.
Qu'en sais-je, moi? je m'en rapporte aux dames.
Si mon héros est trop joli garçon,
J'en suis fâché, vu surtout la façon
Fort à blâmer dont il traitait les belles;
Point ne voulait entendre parler d'elles,
Même il fuyait leur rencontre avec soin.
De les aimer, jugez s'il était loin!
Ne sais comment dans un cœur de cet âge
S'étaient logés de pareils sentiments.
Serait-on vieux, il faut un grand courage
Pour résister à des objets charmants,

Mais les haïr, cela n'est pas l'usage.
Quoi qu'il en soit, pour mon prince, d'amour
Mille beautés raffolaient à la ronde.
En eût-il eu tous les vouloirs du monde,
Il ne pouvait les payer de retour
Du même coup. Suffire à tant de flammes,
Je le sais bien, dépassait son pouvoir,
Mais il fallait faire au moins pour ces dames
Tout son possible, et se mettre en devoir
De les aimer, en commençant par une;
Ce que voyant, patiemment chacune
Dans notre cœur eût attendu son tour.
Mais ce conseil n'allait point à mon prince,
Et n'aimant point, de l'espoir le plus mince
Il ne voulait obliger leur amour.
Chez un garçon de moins haute naissance
Un tel refus était sans importance,
Et le beau sexe aurait eu seul le droit
De murmurer; mais l'héritier d'un roi
Doit au plus tôt pourvoir à sa lignée.
Ce soin n'a rien de bien fâcheux en soi;
Mainte personne y serait résignée,
Lui, non. Un soir le sommeil le prenant
Dans sa prison, (ce n'était fosse noire,
Humide et basse ainsi qu'on pourrait croire,
Mais bonne chambre et boudoir attenant,
Bien aérés, pourvus de mille choses,

Comme tapis, beaux sofas de satin;
L'appartement donnait sur le jardin :
Le bruit des eaux et le parfum des roses
Sans cesse entraient dans ce charmant réduit.)
Je disais donc qu'un soir notre jeune homme,
Dans sa prison n'ayant autre déduit,
S'abandonnait à la douceur du somme.
On dort fort mal et d'un œil tout au plus
Avec l'amour lorsqu'on a quelque affaire.
Libre pour lui de ces soins superflus,
Le cher enfant dormait pour l'ordinaire
De tout son cœur. Le soir déjà cité,
La bonne fée en pouvait être cause,
Il n'eut pourtant qu'un sommeil agité.
Il se tournait tantôt sur un côté,
Tantôt sur l'autre; en cherchant une pose
Qui lui convînt, il étendit un bras.
Or, ledit bras rencontra quelque chose
Sur son chemin. La nouveauté du cas
Avec raison, ainsi qu'on le suppose,
Surprit notre homme. « Eh! grand Dieu! qu'est cela?
Cela, vraiment, c'est quelqu'un couché là.
Et qui pis est, ce quelqu'un m'a la mine
D'être une dame en son atour de nuit.
Chez un garçon venir sur le minuit,
Et dans son lit entrer à la sourdine,
Tels procédés me semblent peu séants.

Ne puis-je point savoir de vous, la belle,
Pourquoi l'on s'est introduite céans?
Par quels moyens? Car j'ai, me le rappelle,
Fermé la porte à deux tours de ma main.
Si vous avez passé par la serrure,
Reprenez donc au plus tôt ce chemin. »
Pareil discours n'émut, je vous assure,
La dame en rien. On devine déjà
Qui ce peut être et toute l'aventure.
Amine donc nullement ne bougea
A ces propos; on eût dit une souche.
Notre héros, voyant que dans sa couche
L'hôte nouveau semblait vouloir rester,
De son côté crut devoir insister.
Il insista, mais la dame étrangère
Le laissait dire en un calme parfait.
« Dormirait-on? Si l'on dort en effet
Nous le verrons. » Et de sa main légère
Notre héros prit sur un guéridon
Lampe d'argent qui faisait de veilleuse
La nuit l'office, et sur notre dormeuse
En dirigea la clarté sans façon.
Lorsque mes vers trouvent sur leur passage
Un bel objet, ils en font un crayon.
Mais quel portrait pourrait de ce visage
Rendre la grâce et le divin contour?
Hélène, Hébé, les trois sœurs de l'Amour,

Sa mère aussi, la déesse à la pomme,
N'auraient ensemble offert de pareils traits.
Sous voile fin, en l'abandon du somme,
On devinait le surplus des attraits.
Notre héros, encor que de nature
Pour l'autre sexe il fût très-peu porté,
A cet aspect resta tout enchanté.
Il n'était point connaisseur en beauté,
Mais le devint, grâce à cette aventure.
« Diantre ! dit-il, que de charmes voilà !
Si j'avais vu plus tôt cet objet-là
Je n'aurais pas tant fait le difficile.
J'étais un rustre, un sot, un imbécile
Quand j'enjoignais ce soir de déloger
A tant d'appas. Après cela, si j'ose
Les supplier encor de quelque chose,
C'est bien plutôt de ne jamais bouger
D'auprès de moi. Mon lit, mes draps, leur maître,
Tout est à vous, Madame; ordonnez-en.
Lorsque j'y songe, ah ! c'est moi qui crains d'être
De trop, hélas ! en ma couche à présent.
Le voisinage où je suis de vos charmes
A, je le vois, son côté séduisant;
Mais toutefois n'en prenez pas d'alarmes.
Vous réveiller ce n'est point mon dessein.
Pourtant je songe à vous faire un larcin.
Veuillez ou non, c'est résolu, j'enlève

Cette émeraude à votre bras charmant.
Sans m'avertir si partiez nuitamment,
Votre visite aurait tout l'air d'un rêve.
Mon gage en main, je saurais dans ce cas
Ce qu'il faudrait penser de l'aventure. »
Le bijou pris et sous la couverture
Dûment caché, le prince (il n'avait pas
Cette nuit-là de sommeil eu sa dose),
Se rendormit. Tout autre, je suppose,
Chez soi trouvant et sur son oreiller
Tant de beautés, se serait de veiller
Fait un devoir, mais ce n'était le compte
De nos lutins. Le héros de mon conte
Dormait déjà depuis un bon moment,
Quand la princesse ayant fini son somme,
Se réveilla. Son premier mouvement
Lorsque se vit couchée auprès d'un homme
Fut de crier ; mais le saisissement
Et la terreur lui fermèrent la bouche.
Prête du moins à sauter de la couche,
La pauvre enfant se mit sur son séant.
Dans quel dessein bizarre et malséant,
A son insu, l'avait-on de chez elle
Portée ici, dans un lit étranger?
Pres d'un manant? Toutefois notre belle
Ne sentant pas ledit manant bouger,
Se rassura. L'ombre n'était pas telle

Qu'on ne pût voir que l'homme en question
Pour le moment dormait d'un bon courage,
Et ne semblait en cette occasion
Songer à mal. Autour du personnage
Régnait d'ailleurs un certain air décent.
Dormir aussi, quoi de plus innocent?
On sait déjà que n'était la princesse,
Femme à daigner un seul coup d'œil jeter
Sur homme aucun. « Fi ! quelle laide espèce !
Quoi ! là-dessus nos regards arrêter ! »
Après cela, comment il se peut faire
Que l'on ait su dès le premier moment
Que mon héros était jeune et charmant,
Sans barbe encor, mais qu'il avait pour plaire
Tout ce qu'il faut, de grands yeux, un beau teint
Et des cheveux tirant sur le châtain ;
Comment on sut toutes ces choses, dis-je,
M'est un secret. « Cela tient du prodige !
Qu'un homme soit de la sorte bâti,
Il ne se peut ; un homme être loti
De tant d'attraits, ce vilain sexe atteindre
A cet ovale, à ces contours parfaits,
Ce n'est probable et je ne le dois craindre.
L'ombre souvent produit de tels effets.
Approchons-nous. Cette lampe me semble
Là mise exprès, et grâce à sa clarté
Nous verrons bien si cet homme ressemble

A son espèce. » Et la jeune beauté
S'avançait donc sa lampe la première.
Qui n'avait vu mon prince à la lumière
N'avait rien vu. Son aspect gracieux
Ne déplut point à la fière amazone,
Et la voici contemplant de son mieux
Or, mon héros avait en sa personne
De quoi longtemps occuper nos beaux yeux.
Ils ne savaient où courir ; une grâce
Logeait ici, plus loin quelque autre appas.
On ne pouvait qu'errer de place en place,
Même souvent on revint sur ses pas.
A nos regards que de beautés offertes !
Poussant très-loin l'amour des découvertes,
Amine aussi voulait tout regarder.
A ce désir sa fierté dut céder.
Qui l'eût pu voir contenter son envie
Dans cette pose et dans ce simple atour,
Eût dit Psyché, curieuse et ravie,
Sa lampe en main, se penchant vers l'Amour.
« Quel enchanteur m'a ménagé la vue
D'un tel objet? Je lui dois un plaisir
Que j'ignorais. On eût pour l'entrevue
Pu toutefois quelque autre lieu choisir.
Mais les sorciers n'ont pas pour l'étiquette
Un grand respect. Moi-même en ce moment
En ai-je donc? sans qu'on nous le permette

9.

Nous dérobons à ce garçon charmant
Son anneau d'or. » Ce disant, la princesse
Prit le bijou. Telle fut son adresse,
Que mon héros ne se réveilla pas.
Ce bel exploit accompli, notre Amine
Modestement recouchant ses appas,
Se rendormit. La dame était encline
Au somme ainsi que son nouvel amant,
Car il l'était, j'ai tout lieu de le croire.
Les voilà donc à qui mieux mieux dormant.
Point ne s'étaient encor vus, dit l'histoire,
Deux plus beaux fronts sur le même oreiller.

Comment, dormir au début de leur flamme !
Cela promet, passe encor pour la dame,
Mais le jeune homme...—Il aurait dû veiller,
J'en suis d'accord. Pourtant si quelque Fée
Contre un garçon se ligue avec Morphée,
Il faut céder, et dans le cas présent
Vous auriez vu dormir l'Amour lui-même.
Dormir n'est crime; il fait, croyez-nous-en,
Très-bon dormir auprès de ce qu'on aime.

III

Au petit jour, ou pour mieux m'exprimer,
A l'heure où vient l'Aurore parsemer

Les cieux de fleurs, et pose en quelque nue
Timidement le bout d'un pied rosé,
Par nos lutins le charme fut brisé.
En s'éveillant le prince à l'inconnue
Se disposait à donner le bonjour:
Vers sa ruelle il fit un demi-tour
Dans ce dessein, mais la belle étrangère
Et ses attraits avaient quitté les lieux.
Mon bon héros se frottait les deux yeux.
Rêvait-il point? non pas. La nuit dernière,
Me direz-vous, il avait donc rêvé?
Tout aussi peu, car sous la couverture
Le bracelet fut par lui retrouvé.
Ceci prouvait du moins que l'aventure
Avait au fond quelque réalité.
« Le roi sans doute, en désespoir de cause,
Pour me réduire a ce moyen tenté,
Pensa le prince; et lui seul, je suppose,
A dans ma couche introduit la beauté.
Ma foi, la ruse est de fort bonne guerre,
Je capitule. » Un valet diligent
Tout aussitôt vers le roi notre père
Fut dépêché. Le cas était urgent.
Sa Majesté reçut donc la missive
Au saut du lit. Sa surprise fut vive.
Le prince enfin désirait lui parler;
La chose était pressée et d'importance.

Le vieux monarque ordonna d'assembler
Ses conseillers. Bientôt en sa présence
Parut son fils, lequel sans se troubler
Trois saluts fit à la grave assistance.
« Sire, dit-il, la nuit porte conseil.
La vue aussi d'un objet sans pareil
A son pouvoir ; j'ai donc depuis une heure
Sur bien des points changé de sentiment.
J'en fais l'aveu sans plus longue demeure,
Le mariage aurait mon agrément.
Bien mieux, seigneur, j'ai hâte qu'il vous plaise
De m'engager en cet état charmant. »
Le bon vieux roi ne se sentait pas d'aise.
Comment? son fils se ravise! il se rend !
Si son discours était incohérent
Il n'importait. Le grand point sans conteste
Pour le moment était gagné ; le reste
Viendrait tout seul. Il fut donc reparti
A mon héros qu'afin de lui complaire
Incessamment en quête d'un parti
On s'allait mettre. « Eh! qu'est-il nécessaire
Répondit-il, de prendre ce souci,
Quand vous avez sous la main mon affaire?
Ce qu'il me faut est à deux pas d'ici.
A mon avis, l'un et l'autre hémisphère
Ne vous pourrait rien d'approchant fournir.
Je ferai donc fort bien de m'y tenir.

D'autant, messieurs, que mon âme est éprise
Des doux attraits de cet objet charmant. »
Le roi tombait de surprise en surprise.
« Mon fils, dit-il, je n'entends rien vraiment
A ce discours; la prison aurait-elle
Troublé vos sens? J'ai de trop de rigueur
Peut-être usé? — Que non pas; ma cervelle
N'a point bronché; je ne puis de mon cœur
En dire autant. Mais aussi que de charmes!
Ils ont sur moi produit tout leur effet;
J suis vaincu, je dépose les armes.
Me direz-vous comment vous avez fait
Pour introduire, étant ma porte close,
Auprès de moi cette dame sans bruit?
— Eh! mon cher fils, je n'ai rien introduit,
C'est bien certain. Vous aurez, je suppose,
Rêvé cela. — J'aurais été tenté
De le penser, n'était le témoignage
De ce bijou, lequel me fut en gage
A son insu laissé par la beauté,
Lorsqu'en mon lit elle était de passage.
Ce n'est pas lui qui me démentirait
Si je disais qu'au plus beau bras du monde
Je l'ai ravi cette nuit en secret,
Et bien m'en prit. » Le jeune homme à la ronde
Fit là-dessus son bracelet passer.
Chacun loua la matière et l'ouvrage,

De l'admirer ne se pouvant lasser.
« Je le dis net et sans fleur de langage :
C'est peu, messieurs, du bijou que voilà,
Ce que je veux à présent c'est la dame;
Il me la faut, je ne sors pas de là. »
Et le bon roi de jurer sur son âme
Qu'il ne connaît ni d'Ève ni d'Adam
Cette personne ; et pour rendre évident
Son bon vouloir, il allait après elle
Mettre en campagne un millier de ses gens,
De qui le zèle et soin intelligents
Point n'échoûraient à découvrir la belle.
A quoi le prince objecta sur-le-champ :
« Comment, seigneur, pourront-ils reconnaître,
S'ils ne l'ont vu, ce qu'ils iront cherchant?
Ah! si du moins vous me permettiez d'être
De la partie ! » Avis fut demandé
Au grand conseil, et, chose surprenante,
Tout d'une voix et séance tenante,
A mon héros ce point fut accordé.
Que risquait-on? une fois en voyage
Il oublîrait ce bel amour naissant,
Ou bien prendrait, confondant leur image,
Pour sa beauté l'objet premier passant.
En un clin-d'œil le bagage et la troupe,
Tout était prêt, et le jour ensuivant
Notre héros avec l'amour en croupe,

Dès le matin jetait la plume au vent.
Si l'on dit vrai, tout chemin mène à Rome ;
Pour moi je crois, à plus forte raison,
Que tout chemin doit conduire un jeune homme
Vers ce qu'il aime. A l'heure où mon garçon
Mettait le pied dans l'étrier, sa belle
En son honneur faisait maint pleur couler.
Elle pouvait à moins se désoler.
Après la nuit passée hors de chez elle,
En s'éveillant, s'était le lendemain
La pauvre enfant dans son lit retrouvée.
Rien n'annonçait qu'on l'avait enlevée,
Et d'amoureux pas plus que sur la main.
Notre princesse autour de sa personne
Femmes avait de service et d'atour,
Nourrice aussi qui de nuit ni de jour
Ne quittait point sa belle nourrissonne.
La chère dame à son poste ronflait
Pour le moment. Amine sans délai
La secoua. « N'est-ce pas une honte?
Dormir après un tel événement !
Réveille-toi, nourrice, et me raconte
Tout le détail de mon enlèvement ! »
La pauvre femme était embarrassée
D'en dire un mot, ayant depuis le soir
Dormi d'un trait. « Je voudrais bien savoir
Comment ici la chose s'est passée.

Le beau complot et la belle leçon!
Je frémissais d'horreur au nom des hommes,
Et me voilà dans le lit d'un garçon!
L'amour me vint surprendre entre deux sommes,
Car c'est amour que le doux sentiment
Dont j'ai d'abord senti mon âme atteinte.
Ce que n'ont pu par menace ni plainte,
Cent rois gagner, ce jeune homme en dormant
L'obtint. Mon cœur a rencontré son maître. »
Notre nourrice essaya de remettre
Quelque raison dans ce jeune cerveau.
Songe c'était, pour sûr. « Et cet anneau,
Rêvé l'aurai-je? » A cela cette femme
Lui répondit par envoyer quérir
Le roi bien vite, et le roi d'accourir.
Sur nouveaux frais, vous pensez si la dame
Recommença son récit, lui venu,
Le suppliant à grand renfort de larmes
De lui donner pour mari l'inconnu;
Elle y tenait. Mais à noyer ses charmes
Et supplier, la princesse gagna
Qu'on la traita de folle, et comme telle,
Vous la purgea, rafraîchit et saigna.
La Faculté remèdes n'épargna
Pour la guérir. Rien n'opérait sur elle.
La pauvre enfant commençait à maigrir.
Chaque matin on voyait défleurir

Un charme ou deux. Le teint frais de la belle
Tournait au lis de moment en moment.
Un mois encor d'un pareil traitement,
On enterrait attraits et tout. La cure
En était là, quand passa d'aventure
Par le pays un savant renommé ;
Cet étranger venait à point nommé.
Il dit au père : « A remettre une dame
En son bon sens vos gens n'entendent rien.
Je vais, pour moi, proposer un moyen
Qui point n'échoue. Il s'agit à cette âme
D'offrir objets qui détournent le cours
De ses pensers. Quelque lointain voyage,
En un tel cas, serait de grand secours.
Essayez-en. Votre fille est d'un âge
Et d'un visage à trouver amoureux
Sur son chemin. Si jamais l'un d'entre eux
L'allait charmer, cela comme de cire
Viendrait pour nous. Toujours un amour, Sire,
A chassé l'autre. » Or, l'avis enchanta
Le vieux monarque. Il fit mettre en litière
Notre princesse, et jusqu'à la frontière,
Avec sa cour lui-même il l'escorta.

L'amant courait ce pendant la contrée.
En ville, ou bourg, faisait-il son entrée,
La Renommée attirait sur ses pas

Tout le beau sexe. Un tel concours d'appas
Ne l'arrêtait, et parmi tous ces charmes,
Ceux qu'il cherchait ne se découvrant pas,
Il repartait, sans écouter les larmes
De mille objets. Car bien qu'un mal secret
Lui dérobât chaque jour quelque attrait,
Il en restait au jeune personnage
Assez encor pour atteindre au passage
Et mettre à mal les cœurs qu'il rencontrait.
De ce train-là, bientôt son équipage
Fut sur les dents, si bien qu'un temps d'arrêt
Il fallut faire au milieu d'un bocage.
Les feux du jour, même en plein cœur d'été,
N'y perçaient point l'épaisseur du feuillage
Par les zéphyrs à toute heure agité.
Le coi du lieu, la fraîcheur de l'ombrage,
Tout autre aurait à dormir invité
Que mon héros. Tandis que sa monture
Va paissant l'herbe, il erre à l'aventure.
Dans le bosquet cet aimable garçon
S'enfonçait donc, quand fit la découverte
D'une litière. Autour, sur le gazon,
Gens sommeillaient; par la portière ouverte,
Dame endormie il se figura voir.
Vite il s'approche, ému d'un vague espoir,
Et pousse un cri. La dame se réveille,
Lève les yeux, l'aperçoit; autre cri.

De nos amants la surprise est pareille.
« C'est lui ! » — « C'est elle ! » On pleure, et l'on sourit
Un peu de trouble en un tel cas, je pense,
Est de rigueur. On garda le silence
Un bon moment, se trouvant des deux parts
Embarrassé. Mais bientôt les regards
Ayant sur eux pris d'entrer en matière,
On s'expliqua ; chacun à sa manière,
Ses désespoirs et désirs raconta ;
La chose au clair fut donc bientôt tirée,
Sauf un seul point : comment était entrée
Chez nous Amine, et qui l'y transporta ?
Le débrouiller eût causé quelque peine.
Énigme était, énigme aussi resta.
Ce qu'on savait de science certaine,
C'est qu'on s'aimait. L'hymen suivit de près
Cette rencontre, et couronna leur flamme.
Sur l'heure on vit mon héros et sa dame,
Comme à l'envi refleurir en attraits.
De toutes parts chacun portait aux nues,
En prose et vers, les grâces ingénues
Et les vertus de l'un et l'autre amant.
Ès cœurs bien faits l'amour vient en aimant ;
Le leur crut donc. Ce beau feu, vu leur âge,
Avait encor bien du temps devant soi.
Couple jamais n'en fit meilleur emploi ;
Le paradis était dans ce ménage.

Nos gens s'aimaient comme on ne s'aime pas.
En vain parmi leurs merveilleux appas,
Le cours des ans mettait quelque désordre,
Ils s'adoraient non moins qu'au premier jour.

Ainsi l'on voit exceller en amour,
Les cœurs souvent qui refusaient d'y mordre.

LE PERROQUET

LE PERROQUET

CONTE

Un perroquet vivait chez un jeune ménage
Couple aimable autant qu'amoureux ;
Lune de miel encor sur eux
Répandait ses douceurs d'usage.
Mille amours s'ébattaient entre nos gens épris.
Le perroquet témoin de plus d'une caresse
En pleurait souvent de tendresse.
Que regret s'y mêlât, je n'en serais surpris :
Tout seul dans sa prison depuis son plus jeune âge,
Du bonheur d'être aimé l'oiseau sentait le prix ;
Je le sentirais bien, moi qui ne suis en cage.
Voici qu'un beau matin auprès d'un vieux parent
Riche, Dieu sait, mais pour l'heure mourant,
L'époux fut appelé ; l'on se mit en voyage.
Il ne fallait rien moins qu'un leurre d'héritage
Pour séparer nos deux amants.
La dame désolée et pleurant à cœur fendre,

D'un millier de baisers, d'un millier de serments
Chargea notre partant ; ces marques d'amour tendre
Sont bagage léger ; il en prit tant et plus.
D'abord, pour consoler sa dolente maîtresse,
L'oiseau fit de son mieux, mais, efforts superflus !
« Quel babil odieux ! il trouble ma tristesse.
Quand donc pourrai-je en paix soupirer un moment? »
On se tut au plus vite, admirant en soi-même
L'effet de la douleur sur un cœur trop aimant.
Pendant les premiers mois, de l'un à l'autre amant,
Missives de trotter. Or, parmi les je t'aime,
Les jamais, les toujours, entre deux au revoir,
Le jeune époux mêlait un mot de ses affaires.
Notre parent susdit avait fait son devoir :
Il était mort. Restaient encor les inventaires,
Les procès, les... que sais-je ? On n'a jamais fini.
Qu'y faire? on attendit, et qui mieux est peut-être,
On essuya ses pleurs. « Pour ne point reparaître
L'éclat de nos beaux yeux serait déjà terni?
C'est fort mal entendu de s'enlaidir soi-même.
Quoi ! nous irions gâter ce qui fait qu'on nous aime,
Nos charmes?... Non, l'amour ne nous en saurait gré. »
Contre tant de soupirs à peine rassuré,
Sans qu'à deux fois pourtant besoin fût de le dire,
Sur sa bouche charmante il revint un sourire,
Puis deux, puis trois ; on ne les comptait plus.
Voyant beauté renaître et grâce sa compagne,

La troupe des amours se remit en campagne.
D'anciens adorateurs, autrefois bien voulus
Du temps qu'on était fille, au logis de la belle
Revinrent tout d'un vol et sur le pied d'amis.
D'un cœur à l'amitié bien est l'accès permis,
Mais trop souvent l'amour se faufile avec elle.
Croyez qu'il n'y manqua. Bientôt la citadelle,
On le prétend du moins, se rendit à merci
Après un court combat. L'époux de tout ceci
Paya les frais. Dîme fut prélevée
Sur les biens de l'absent; de la sorte aisément
On attendit son arrivée.
Notre consolateur à qui n'échappait rien,
Vit donc la brèche ouverte à l'honneur de son maître.
Il en gémit en perroquet de bien.
« Quoi! disait-il, deux cœurs que j'ai vus naître,
Grandir, se chercher, s'entr'aimer!
Le plus joli ferait à l'autre cette injure?
Non, foi de Perroquet! de sa mésaventure
Je veux à son retour mon bon maître informer. »
Ce retour ne tarda. Vers sa moitié chérie
Notre époux revola plus tendre et plus charmant.
Que fleurette et cajolerie
Eussent passé chez lui sous forme d'un amant,
Il ne s'en aperçut; ce n'est chose vraiment
Qui laisse de soi trace, et même en laissât-elle,
Par un objet aimé qui n'est vite aveuglé?

Comment ne l'être point? Tout des mieux régalé,
Accueilli, caressé fut l'époux par la belle.
N'était-ce qu'un semblant? remords aidant, l'amour
Avait-il tourné bride, et par un beau retour
Réparait-on une erreur passagère?
Il se peut; toutefois je n'en jurerais pas,
Car, s'il faut tout vous dire, on ne rencontre guère
De cœurs qui s'égarant reviennent sur leurs pas.
Aussitôt cependant que l'oiseau dont la langue
Était sur des charbons, trouva jour à parler,
Il parla, mais perdit sa peine et sa harangue.
« Propos de perroquet! Je m'en irais troubler?
Quelque sot! » L'indiscret, bien qu'étouffant de rage,
Ne se tint pas ce jour-là pour battu:
Il revint à la charge. « Oiseau, te tairas-tu?
L'autre ne se taisait; vingt fois et davantage
Il répéta son dire. « Oh! l'animal têtu!
Le maudit babillard! » Cependant le pauvre homme
Devenait tout rêveur. Du jour au lendemain
Il perdit l'appétit. A grands pas joie et somme
Avaient pris le même chemin.
Point n'ose encor s'avouer qu'il soupçonne
A son honneur atteinte pour cela.
Son épouse c'était la sagesse en personne
Et l'amour. Cependant qu'une mouche bourdonne
Aux environs, notre homme est sur le qui-va-là.
Une ombre, un mot, tout tire à conséquence

Lorsqu'on est à ce point. L'oiseau, voyant l'effet
Que produit son discours, redouble d'éloquence;
Il cite ses témoins, il précise le fait,
Il jure ses grands dieux, il proteste, il s'entête.
« On vous trompe, dit-il, j'en mets ma patte au feu. »
La patte? ce n'est guère, il jouait plus gros jeu
Et perdit d'avantage; il y laissa la tête.
—Comment la tête? —Hélas ! on lui tordit le cou.
Notre mari crut pour le coup
Recouvrer le repos par ce trait exemplaire.
Crut-il bien? Je ne sais. L'oiseau dans cette affaire
Fut malgré sa vertu le plus sot de beaucoup.

Si par cas d'aventure il advient que me trouve,
O belles, le témoin de quelque méchant tour,
Comptez sur mon silence, encor que je n'approuve
De pareils manquements aux devoirs de l'amour.
Des amants, des époux inquiéter les flammes,
C'est périlleux; j'honore après tout leur erreur,
Dieu la permit toujours; sans sa grâce, mesdames,
Qui pourrait vous aimer en sûreté de cœur?

LE

CHASSEUR MALHEUREUX

LE CHASSEUR MALHEUREUX

CONTE TIRÉ DE L'ALLEMAND

I

L'Allemagne, je crois, vous plairait et pour cause :
C'est le pays des frais appas.
Toute fillette y prend les teintes de la rose.
Si les yeux bleus vous sont de quelque chose
Vous en trouvez à chaque pas.
Avec ces yeux amour a souvent quelque affaire,
Et parmi jeunes cœurs disposés à bien faire
Il ne reste les bras croisés.
Là, c'est un dieu rangé, menant vie exemplaire,
Content de peu ; sa rente la plus claire
Se paie en regards et baisers ;
Soupirs en sont aussi, nombreux pour l'ordinaire.
Germains ne se font pas la cour fort lestement,
Sur la route du sentiment
C'est à très-petit pas que chemine leur âme.
Si l'on voulait apprendre au profit de l'amour

Patience et douceur de flamme,
Il faudrait chez eux faire un tour.
Mon récit toutefois ne s'arrêtera guère
Sur ces points : je conseille à mes rimes légères
D'y revenir un autre jour.

Mai s'ouvrait, dans le nord mois charmant; la verdure
A peine de retour commence à s'enhardir.
Il n'est bourgeon craintif qui déjà n'aventure
Son espoir de l'année. Alors dans la nature
Tout ne demande qu'à fleurir.
Car fleurir c'est aimer; les plantes printanières
N'y font point de façons; c'est à qui les premières
Iront les zéphyrs captivant.
Regards du jour, baisers du vent
Sont caresses d'amant que permettent ces belles.
Des libertés que prend papillon avec elles
On ne les voit point s'alarmer.
D'une aube à l'autre, hélas! de leurs faveurs charmantes
Trésor est épuisé; pour ces pauvres amantes
Se flétrir, c'est cesser d'aimer.
Ne songeant à rien moins qu'à ces amours touchantes,
Bâton en main, bien vêtu, bien guêtré,
Hans le fermier revenait de son pré.
Doux menu du printemps, les fleurs et la verdure
Le touchaient peu. Notre homme et la nature
Se connaissaient de longue main.

D'enfiler soixantaine il était en bon train.
Mais c'était un vieillard droit et ferme d'allure,
De ceux que l'on dit verts; il avait l'encolure
D'homme à vouloir aller de printemps en printemps,
Pour peu que Dieu l'aidât, tout au bord des cent ans.
En vain autour de lui foule d'oiseaux s'empresse,
S'égosillant sur tous les tons,
Il n'avait de regards, d'oreilles, de tendresse
Que pour ses bœufs et ses moutons.
Les ayant tous laissés au milieu des prairies
Ruminant, bêlant et broutant,
Il retournait chez lui par des routes fleuries,
D'un pied leste et d'un cœur content.
Qu'il fût déjà midi, le clocher du village
N'en avait soufflé mot; mais tant petits que grands,
Les estomacs aux champs d'une heure et davantage
Avancent sur tous les cadrans.
Je vous laisse à penser si le nôtre allait vite,
Aux approches d'un bon repas.
Songeant au doux trésor qu'enserrait sa marmite,
Notre fermier doublait le pas,
Quand voici que d'un bois débouche à l'improviste
Un jeune chasseur au poil blond.
Un souci toutefois se lisait sur son front;
Son carnier même avait comme un air triste,
Désenflé qu'il était. « Léger est le butin,
Pensa l'autre à part soi. L'on n'aura ce matin

Rien tué. Rien, c'est peu. Qui sait encor la peine
Que ce rien nous donna? C'est par trop dur, ma foi!
Aussi pourquoi chasser? Je ne sais, quant à moi,
Le plaisir qu'on y trouve. Ah! l'excellente aubaine!
Courir les bois, battre la plaine
Sans rencontrer gibier qui nous veuille étrenner,
Ou souvent haletant, affamé comme quatre,
Pour tout profit, sans le pouvoir abattre,
A travers champs voir filer son dîner!
Je n'en suis point; moi je mange à mes heures.
Foin du gibier, s'il faut courir après!
Voyez un peu ce hanteur de guérets,
Ce beau chasseur; sa mine est des meilleures,
Son équipage aussi; je gage cependant
Qu'il n'a rien pour l'instant à mettre sous la dent.
J'en aurai le cœur net. » Et soudain l'abordant,
Et d'un air où perçait quelque sollicitude:
« Jeune homme, savez-vous que midi va sonner?
—Vraiment!—Et que ces bois n'ont pas pour habitude
Aux chasseurs d'offrir à dîner?
—Je le sais.—Vous aurez alors chez des amis
Ici près, votre couvert mis?
—En ce pays je ne connais personne.
—Vous m'étonnez; quand midi sonne
Il est bon de trouver son repas sous la main.
Dîner, cela ne peut se remettre à demain.
Si le cœur vous en dit, ma table et ma marmite

Sont à votre service; acceptez sans façon. »
Façon, l'on n'en fit point; au contraire, bien vite
L'autre accepta; refus n'eût été de saison.
Sur ce, les voilà donc, notre homme et son convive,
En route pour la ferme; elle était à deux pas.
Dès la cour je ne sais quel parfum leur arrive;
Le fermier ne s'y méprit pas.
C'était sa soupe au lard, elle fumait sur table.
A cette odeur délectable
Il se sent chatouiller le cœur.
On entre, et le vieillard tout le premier s'attable,
Faisant mettre son hôte à la place d'honneur.
Au bas bout s'assit valetaille,
Garçons joufflus, membrus, gaillards de belle taille,
Servantes hautes en couleur.
Or, la besogne fut promptement dépêchée.
Chacun fit son devoir à l'égard des morceaux.
Gens de charrue et chasseurs sont rivaux
En appétit, dit-on. Dès première bouchée
Le nouvel arrivé recula cependant;
Il ne donna qu'un demi-coup de dent.
Du bien manger connaissant l'importance,
Le fermier tour à tour l'encourage ou le tance.
Notre pauvre chasseur s'en allait défendant
Pied à pied son assiette, où l'autre par surprise
Entassait les morceaux qu'il supposait exquis.
Étouffer son convive était une entreprise

Digne de son bon cœur ; c'est d'ailleurs droit acquis
A l'hospitalité chez le peuple rustique.
« Eh quoi! point d'appétit? l'air de ces lieux se pique
D'en donner cependant. Si vous restez ici...
Rester, ne se peut-il? J'ai là-haut, dieu merci,
Chambre et bon lit. D'ailleurs gibier foisonne
Et refoisonne aux environs.
Voyons, consultez-vous. Vous ne gênez personne.
Nous gêner! et comment? Nous sommes gens tout ronds
Et le cœur sur la main. » Point n'y fallut d'instance.
L'offre plaisait ; la preuve que j'en ai
C'est qu'on la prit au bond. Le gîte était, je pense,
Bien venu comme le dîné.

Ah! savoir qu'au logis s'attriste qui nous aime
Est un fil qui nous tient et qui nous tire à soi.
A quelque autre et plus cher nous-même
Notre retard causerait de l'émoi?
L'on s'en garderait bien, et d'une hâte extrême,
Tout craintif et tout alarmé,
On accourt : n'est-ce là le revers d'être aimé?
Notre héros, à ce qu'on vit paraître,
Ne l'était point, pouvant de sa maison
S'absenter de cette façon.
Et le ciel cependant l'avait taillé pour l'être :
C'était en son espèce un fort joli garçon.
Aux gens de ce patron quel cœur ne rend les armes?

D'ailleurs le certain air dont il portait ses charmes,
Air toutefois modeste, encore et de beaucoup
Les relevait. A beauté, qui son coup
Manque rarement sur les âmes,
Je ne sais quel attrait il venait se mêler.
Dans les yeux du chasseur, pleins de timides flammes,
Doux regard semblait dire : approchez-vous, mesdames,
Nous demandons à qui parler.

II

De la sorte installé, notre jeune et bel hôte
N'encombra point les lieux. Chaque matin sans faute
Du logis il était déguerpi le premier ;
Il devançait et valets et fermier.
L'aurore à peine avait rougi les nues
Qu'il était à l'affût en un bois écarté
Où parmi la rosée et les herbes menues
Des lièvres s'ébattaient. Un grand maître a chanté
La faiblesse et poltronnerie
De ces animaux malheureux.
Que quelque feuille au bois quand le zéphyr l'en prie
S'avise de bouger, voilà tous mes peureux
En fuite, et craignant pour leur tête.
Si le plomb du chasseur troubla souvent la fête,
Il ne s'ensuivit pas cependant mort de bête,
Ni blessure non plus. Point de gazons rougis.

C'était le carnier vide et l'oreille un peu basse,
Sur le coup de midi, qu'on rentrait au logis.
Le fermier qui déjà fondait sur cette chasse
Tout l'espoir de sa broche, attendit quelques jours;
Rôti ne venait point, rôti courait toujours,
Rôti se portait à merveille.
« Lièvres, dit-il enfin, se font tirer l'oreille.
C'est avoir du malheur. — A qui le dites-vous?
S'il en tombait un sous mes coups,
Ce serait le premier, et notez que je chasse
Depuis dix ans et plus. — Vous vous moquez vraiment!
— Me moquer? oh! non pas, il n'en est autrement,
Je jure; c'est un sort : que veut-on que j'y fasse!
— Qu'y faire? Mais, parbleu, planter là le métier.
Jetez-moi ce fusil dans le premier hallier.
— Oui, si je le pouvais. — Allons, vous voulez rire.
— Nullement. C'est histoire étrange et longue à dire.
— Histoire, dites-vous? Histoire, me voici.
Il n'est de raconter vieillard qui ne raffole,
Ce dit-on; un vieillard peut écouter aussi. »
Et là-dessus l'autre prit la parole
Environ dans ces termes-ci :

« Mon père, plus heureux que sage,
Épouse avait sur son vieil âge
Jeune choisie et ne manquant d'attraits.
Je dis heureux, l'était à cela près

Que sans enfant vivait en son ménage,
Il avait fait pèlerinage,
Neuvaine et tout : le ciel en était las.
Le pauvre homme à son grand hélas
Passer déjà voyait son héritage
A des cousins, quand un saint, ne sais quel,
Ne voulant qu'il fût dit, cela lui pouvait nuire,
Qu'en pure perte on eût à son autel
Brûlé tant d'encens et de cire,
Accorda sur le tard ce don si désiré ;
Or, ce don ce fut moi. Ne perdent point leur gré
Ces sortes de présents pour s'être fait attendre,
Et ma mère surtout, (on sait qu'en fait d'amour
Qui dit maternel dit fort tendre,)
Ma mère, dès mon premier jour,
M'aima donc d'une amour extrême :
J'étais tant cela, tant ceci,
La grâce, la beauté même.
Avec son fils crut son souci ;
Que sera-t-il ? Un grand homme, je gage.
D'autres l'ont bien été, lui ne le serait point ?
Alors, sans tarder davantage
On voulut éclaircir ce point.
D'une vieille et sienne commère,
Savante en l'art de dire à chacun son destin,
Tout à propos se ressouvint ma mère,
Et l'envoya quérir bien vite un beau matin.

La diseuse de bonne et de triste aventures
Eut beau chercher, n'était dans les astres écrit
Rien de prodigieux. Chez les races futures
De ce fils unique et chéri
Point ne serait parlé; c'était pure chimère
D'y songer. Voilà donc le grand homme à vau-l'eau.
« En revanche je vois, dit la vieille à ma mère,
Force amour et bonheur, c'est là vraiment son lot.
Toutefois une clause expresse
Est mise à cela par le sort:
Ton enfant d'un pareil trésor
Ne jouira, qu'il n'ait avec adresse
Abattu son premier gibier. »
Ma mère alors de rire et de se récrier
Sur la condition : « Le sort est bien honnête
De demander si peu. Comment? d'une perdrix
Ou d'un lièvre, mon fils n'a qu'à se mettre en quête?
Si le bonheur est à ce prix,
Nous le tenons. » N'étais encore
Pas plus haut que cela, que l'on me mit en main
Un fusil de ma taille. En se levant l'aurore
Ne manquait de me voir courant sur le chemin
Ou des bois ou des champs. Je n'eus pas d'autre école
Ni d'autres jeux. Ma mère avait pensé
Agir très-sagement. Cet enfant son idole,
Le voir heureux était son plus pressé.
Mais en dépit de sa tendresse

Je n'ai pu, que ce fût guignon ou maladresse,
Lui faire offrande en son vivant
De l'ombre même d'une proie.
D'un jour à l'autre attendant cette joie,
Elle mourut. Auparavant,
Pour mon bonheur outrant son zèle,
Elle me fit jurer de ne déposer point
Les armes, que n'eusse ce point
Avec le sort réglé. Voilà tout de plus belle
Votre serviteur donc en son emploi rentré,
Voilà qu'il chasse encore, et dût-il à la peine
Mourir, sa promesse l'enchaîne
A ce métier bon gré mal gré.
Non, depuis que le monde est monde
Rien de tel ne s'est vu. Vingt milles à la ronde
Il n'est lièvre ou perdreau que n'aie au su des bois
Cent fois manqué; ces lieux, s'ils avaient une voix,
Vous en raconteraient de belles sur mon compte.
De toutes bêtes à ma honte
Il n'est chasseur mieux vu, je pense, en cet endroit.
A peine encor d'un peu d'effroi
M'y ferait-on l'honneur. »

N'ayant à sa portée
Le moindre avis pour le moment,
Notre fermier se tut. Il faisait sagement
En un tel cas; mais sa mine attristée,

Autant que mine peut, témoignait la grand' part
Qu'il y prenait du moins. Depuis, par le vieillard
Fut toute parole évitée
Ayant trait à gibier. Que ce respect fût dû
A tant de malheur, je l'accorde.
On eût plutôt parlé de corde
Dans la demeure d'un pendu,
Que de chasse chez nous. Or, après trois semaines
De pas perdus et de fatigues vaines,
L'infortuné chasseur songeait à déloger.
Le sort ne paraissant le vouloir obliger
En ce pays de proie aucune,
Sans grand espoir, notre homme allait tenter fortune
Ailleurs et de ce pas. Or donc, son congé pris,
Et du jour à l'aube première,
Il s'éloignait, côtoyant la lisière
D'un bois voisin, lorsque avisa surpris
Un lièvre assis sur son derrière,
Gros et gras, poil luisant et posé de maintien;
Des lièvres du pays on eût dit le doyen.
Au départir du somme, à l'heure matinière
Où l'Aurore s'éveille et de rose se teint,
Tout près de son terrier et sur tapis de thym,
Le nez au vent, à sa manière
Sa toilette il faisait, sur son museau passant
Ses deux pattes et se pressant;
Son déjeûner l'attendait. D'espérance

Ému, notre chasseur, bien vite à bout portant
L'ajuste, le coup part; hélas! au même instant,
Un cri partit aussi. Jamais un cri, je pense,
Ne s'est poussé tout seul. Notre chasseur troublé
Eut bien la même idée. En sa crainte il s'élance
Vers l'endroit peu distant, c'était un champ de blé,
D'où celui-ci partait. De son long étendue,
Jeune fille gisait au milieu du sentier
Qui coupait ledit champ. De son frais tablier,
Fleurs s'échappaient : n'était la pâleur répandue
Sur ses traits, on eût pu dans ce premier moment
La penser endormie. Une angoisse mortelle
Saisit notre chasseur. Sans trop savoir comment,
Il la prend dans ses bras, l'emporte telle quelle
Vers la ferme en courant. Le fermier justement
S'acheminait aux champs; quant il vit de la sorte
L'hôte qu'il croyait loin, de retour : « Un malheur
Est arrivé, dit-il; ah! que le diable emporte
La chasse et les chasseurs! Ne m'avait pas bon fleur
Ceci depuis longtemps; je m'y devais attendre,
Et j'aurais déjà dû... Mais allez faire entendre
La raison à des fous de cette espèce-là !
Ciel! on dirait Lisbeth, ma nièce; oui c'est elle,
Des filles du canton la perle et le modèle.
Pauvre enfant! Entrez çà. C'est bien; déposez-la
Sur ce lit, vite et tôt. » Ainsi fut fait. La belle
N'était pas morte encor. La peur avait sur elle

Agi plus que le mal, non que plomb en cela
N'eût bien aussi joué son rôle,
S'étant quelque peu notre épaule
Et lieux environnants permis d'endommager.
On vous pansa le tout. Ne parlez de bouger
A mon chasseur d'auprès de sa jeune blessée;
Sienne était dans sa pensée.
Réparer de son mieux le mal qu'il avait fait,
N'avait-il pas ce droit? S'il ne l'eût en effet,
Il le prit. La fillette était assez jolie.
Ce n'est pas, que je sache, un point indifférent;
Orpheline d'ailleurs; maître Hans, en bon parent,
A la ferme toujours l'avait bien accueillie;
Elle y venait souvent, cependant moins encor
Qu'on ne l'eût désiré. Sa présence était chère
A chacun sous ce toit. Pareille ménagère,
Au dire du vieillard, valait son pesant d'or.
Notre bonhomme, outre mesure,
Se disposait à s'alarmer,
Mais il n'en eut le temps, car déjà la blessure
Faisait mine de se fermer.
Oswald, c'est mon héros, trouva fort à reprendre
A cette hâte : il la maudit.
Sa malade guérie, il fallait bien s'attendre
A la quitter. Le mot est vite dit;
Mais ce n'était pas fait. Aux soins qu'on peut lui rendre
Vaquer près d'une belle a de quoi nous charmer,

Mais n'est pas sans danger. Mon Oswald, pris au piége,
Sans le voir arriva sur les confins d'aimer.
Il ignorait d'ailleurs l'amour et son manége,
Et bien qu'il fût à l'âge où le plus simple cœur
A quelque usage est mis, il n'avait, mon chasseur,
Fait œuvre encor du sien. Point n'était, je suppose,
Sans avoir rencontré parfois jeune beauté;
Mais sur ces objets-là ne s'étaient arrêtés
Ses regards peu ni prou. Ce fut donc une chose
Pour lui nouvelle et plaisante à la fois,
Que beaux yeux et joli minois.
De tout cela sortait un charme à quoi son âme
Ne sut point résister. Or, le bonheur voulut,
Qu'à Lisbeth il n'eût pas déplu.
D'un cœur à l'autre, en moins de rien la flamme,
Avait gagné. Maître Hans, il l'observait de près,
De ce feu-là vit les progrès.
« Qui diantre aurait pensé, dit-il à son jeune hôte,
Que fille fût gibier? C'est ainsi, toutefois,
Que l'entendait le sort, et de par lui, sans faute,
Je vous promets bonheur; pour l'amour, c'est, je crois,
Déjà fait, n'est-ce pas? » Et d'un malin sourire
Et qui disait beaucoup, il commentait ces mots.
Oswald au dernier point rougit sur ce propos.
Confus, il l'était bien. Qui donc avait pu dire
Au vieillard ce secret que notre jeune ami
Ne savait encor qu'à demi?

III

On aime quand on peut ; pour moi, ne vous engage
A remettre d'aimer ; on n'a pas tous les jours
Occasion. Pourtant fort me plairait l'usage
Jusqu'au premier printemps d'ajourner les amours.
Tout fleurit, tout sourit, de sa plus fraîche haleine,
Zéphyr va caresser les fleurs dans les gazons,
Partout charmants ébats. Pour mettre un cœur en veine
Il ne fait faute alors d'engageantes leçons ;
Et comme pour induire un couple en amourette
Soupirs à chaque pas ; ce n'est dans les buissons
Qu'amants ailés chantant fleurette.
La plus aimable des saisons
Fut donc mise à profit. La fillette était tendre,
Le garçon des plus amoureux.
Avant qu'il fût un mois, ces jeunes cœurs entre eux
N'avaient plus grand' chose à s'apprendre.
Dans le fond d'un certain taillis,
Un doux aveu fut fait à la clarté mourante
Du jour tombant ; une eau courante
Le couvrit de son gazouillis.
Je vous laisse à penser s'il fut tendre et timide,
Tout ému, rougissant et d'un regard humide
Suivi. L'on reconnaît de suite à son accent
Qu'aucun autre avant lui n'a passé par la bouche

Qui tremblait en le prononçant.
Un *j'épouse* partout est la pierre de touche
D'un *je t'aime* de franc aloi.
D'ailleurs, en Germanie, Amour de bonne foi
Fait lès affaires d'Hyménée.
Là, comme ailleurs, souvent dès la première année,
Il s'en est les pouces mordus,
Mais non pas cette fois. Sans l'avoir dit encore,
Nos amants sur ce point, s'étaient donc entendus;
On s'épousait. Lisbeth, je le déplore,
Était pauvre et n'avait modeste et gracieux
Que son souris, plus ses beaux yeux;
C'était tout son avoir: n'est pas des mieux courantes
Partout telle monnaie. Oswald avait du bien.
Or, un cœur qui vit de ses rentes,
Aura toujours son prix; au don qu'il fit du sien,
Cent arpents de bonnes prairies,
Un bois, un clos, deux métairies,
Avec cours d'eau, ne gâtaient rien.
Chez les gens d'Outre-Rhin un charmant laissez-faire
Règne au sujet d'hymen. Tout couple un peu gentil,
S'appareille entre soi; pas le moindre notaire
N'y vient mettre le nez, et sans lui cette affaire
S'arrange bien; la nôtre alla donc son droit fil.
usqu' à se fiancer dès la première étape
On arriva; c'est la route aux amants
Toute tracée : anneaux suivent serments.

Qui fut joyeux? Maître Hans; il jubilait sous cape.
« A quand la noce? Or ça, vous saurez que j'entends
Qu'on ne la fasse ailleurs. Une noce m'est fête,
Vous ne m'en ferez tort. » On eût perdu son temps
A chercher excuse ou défaite:
En passer il fallut
Par où le bonhomme voulut.
Grâce à lui, sur un pied de noce
Ferme fut bientôt mise. On lave, on frotte, on brosse;
Servantes ne dormaient; de la cave au grenier
Ce n'était qu'un courir. Tout bahut, toute armoire
S'ouvrit; il en sortit pour lors jusqu'au dernier
Plats à fleurs, brocs luisants; nappes ayant mémoire
De vingt noces déjà, figuraient pour leur part
En ces apprêts. Notre vieillard,
A l'œil à tout. « Ajustez cette table;
Ici, ces escabeaux; un coup de main, allons!
Percez-moi ces tonneaux, décrochez ces jambons.
Comme ils ont l'air friand! » Un carnage effroyable
Par ses ordres aussi sévit en basse-cour.
Maint gras canard, maint fils de bonne poule,
Périt sous le couteau. La marmite, en ce jour,
Leur devint Achéron. Pigeonnaux faisaient foule
Aux abords de la broche; il n'en demeura guère
Au colombier. Sur ces apprêts,
Vous pouvez juger quelle chère
Firent les invités; c'étaient gens d'ici près.

Toute la paroisse à la fête
Accourut, peu s'en faut, son desservant en tête.
Entre les épousés, et tenant le haut bout,
Le serviteur de Dieu faisait honneur à tout.
Il l'avait bien gagné ; son ouaille jolie
N'ayant voulu bénir sans un bout d'homélie
Lui faire à ce propos. Il s'était étendu
Dignement le matin sur l'amour éternelle
Qu'on se doit entre époux, vieux thème rebattu ;
Mais d'une grâce nouvelle
Ce jour-là sur sa lèvre il sembla refleurir.
Peu de chose, il est vrai, suffit pour attendrir
Des cœurs déjà touchés. Une noce au village,
Ce n'est pas l'affaire d'un jour :
La nôtre en dura trois. Trois jours, c'était bien court
Pour plus d'un. Hans était de ceux-là, je le gage,
Mais non pas nos époux ; tant ne fut festoyé
Qu'au grand déplaisir de leur flamme.
Un tel faste de joie Amour n'eût déployé,
Lui qui ne demande en son âme
Que d'être heureux à petit bruit
Et sans témoins. Pourtant, si je suis bien instruit,
La fête, pour cela, n'avait gaîté perdue ;
Bonne grâce y soutint son personnage au mieux.
Larme plus d'une il fut, quand ce vint aux adieux,
De part et d'autre répandue.

Voici nos gens partis, voici nos gens chez eux.
Sur leurs pas, par leurs soins et surtout grâce au charme
Qu'avait notre épousée, on vit à la maison
Le bonheur accourir. Depuis lors nul soupçon,
Aucun regret, aucune larme
Ne l'en fit déloger. A nos deux amoureux
Il échut par son fait maint et maint héritage.
Quant à leurs champs, toujours l'orage
Allait tonner plus loin : n'eût-il eu sous nuage
Qu'un rayon, le soleil en disposait pour eux.
Mais c'est moins tout cela qui fit nos gens heureux
Qu'un amour partagé, qu'un amour à qui l'âge
Sa fleur laissa. Les ans, d'une trentaine accrus,
N'en avaient amorti que les ardeurs extrêmes :
Après les charmes disparus,
Ces deux cœurs triomphaient d'être toujours les mêmes.

Sous mes oliviers verts, en mon riant séjour,
Quand vous me croyez seul, j'ai bonne compagnie,
Bons livres; à ces gens d'aimable et doux génie,
Je fais parfois un doigt de cour.
Poëtes à l'envi descendent sur ma plage;
Leur esquif est à mon rivage
Amarré depuis plus d'un jour.
Oui, de tous lieux chez moi s'empresse

Foule de visiteurs aimés,
Mais par aucun, dans ma tendresse,
Certains Français ne sont primés.
Ceux-là, ce sont mes rois, mes dieux et davantage.
Je suis à deux genoux devant leur bon langage,
Net et sain, pur bon sens de grâce revêtu.
Des agréments de leur franc rire
Deux siècles n'ont rien rabattu.
Ces tours charmants, fine fleur du bien dire,
Sont encor frais appas dont on est amoureux.
Veuille Dieu qu'en ce présent livre
Ait laissé trace au moins ma passion pour eux !
Contes y sont, je vous les livre;
M'en direz votre avis quand vous les aurez lus.
D'attraits légers et grâces assorties
Si ne les sus parer, il ne me reste plus
Qu'à jeter la lyre aux orties.

Nice, décembre 1853.

TABLE

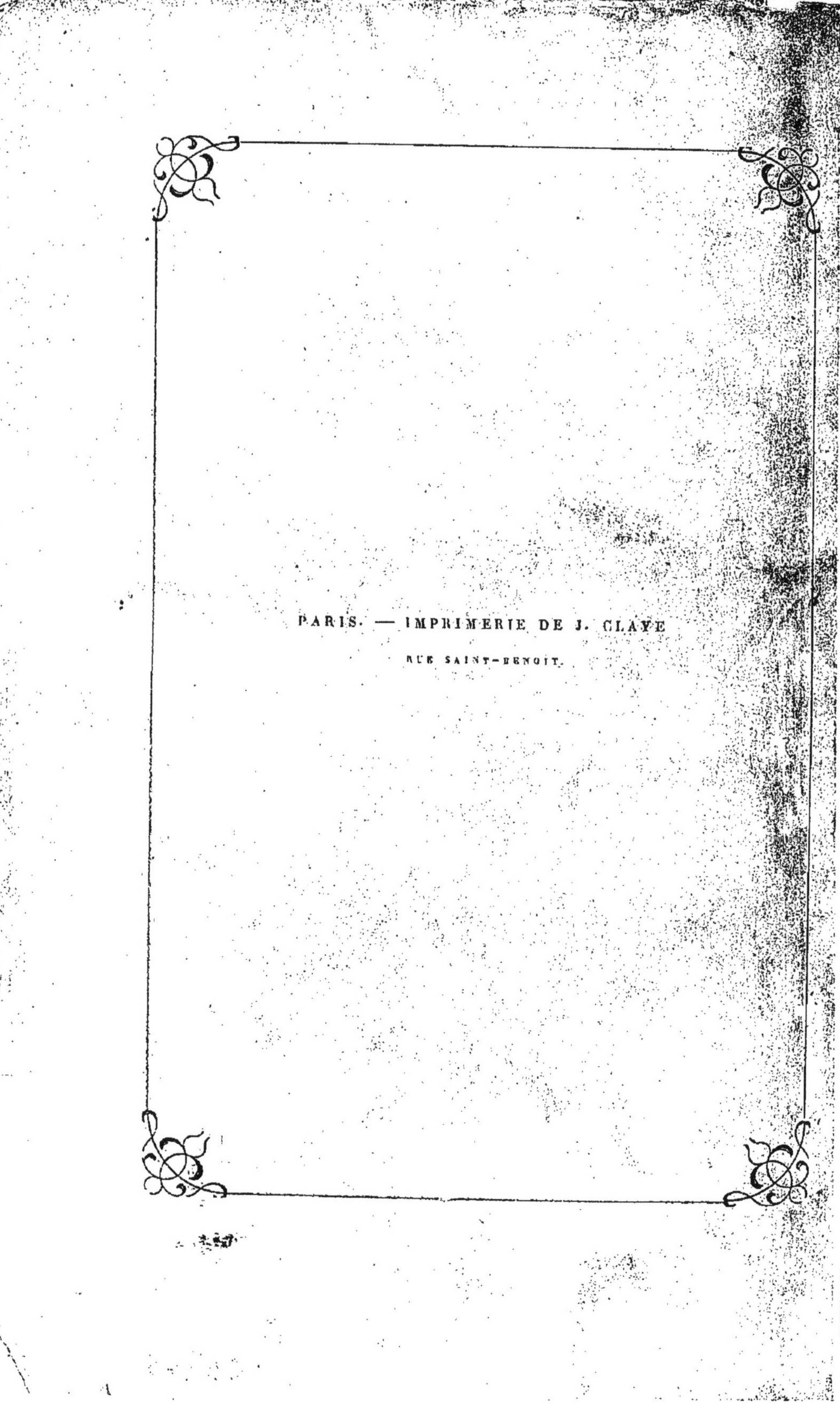

PARIS. — IMPRIMERIE DE J. CLAYE
RUE SAINT-BENOIT.

www.ingramcontent.com/pod-product-compliance
Ingram Content Group UK Ltd.
Pitfield, Milton Keynes, MK11 3LW, UK
UKHW021056200726
13857UKWH00003B/944

9 782011 929624